U0041746

首先把牛做成球。まず牛を球とします。

柞刈湯葉
黃鴻硯 譯

目次

首先把牛做成球。

「做成立方體的話，比球體更沒有縫隙，效率更高吧？」

坐後排的中年男子舉手，還沒獲得發言許可便開口這麼說。直覺告訴我，哎，這次參訪會應該會變得很棘手吧。

我確實說「說明期間隨時可以提問」，但真希望他可以考慮一下時機和我談話的走向呀。才開始五秒就提問，代表他認為我是說起話來毫無組織能力的無能者。這話聽在我這個行銷人員耳中不太舒服。

參訪區裝了落地窗，訪客可以從那裡俯瞰下方牛工廠的設備，而我正在這個地方為訪客說明牛肉的生產方式。數十個髮色、膚色無比繽紛的人，塞在這狹小空間內，當中還有幾個小孩。這種一般民眾參訪的活動，每個禮拜都會舉辦一次。參加者和遺傳工程完全扯不上邊，而像我這樣的行銷人員必須向他們說明「將牛變成球體」的意義。

真是不像樣的工作。在這種時代從東京逃過來的傢伙還有工作做就該感謝啦——主管那張鬍子臉在我腦海中一再痛罵我。

「呃——有些人會有這種誤會，不過食用肉品產業並不會面臨提升空間使用效率的要求。」

我叫出準備好的投影片。上頭映出以前那種狹小牛舍，它被區隔出一個個長方形欄位，每個欄位都能容納一頭牛，而古早時代長著四隻腳的牛在裡頭悠哉地吃著草。「牛曾經是在這樣的狀態下接受飼養的。考慮到牠們當時還會擅自跑來跑去，這可說是相當緊迫的狀態。不過呢，現代牛肉培育過程中，占據大半體積的是培養液。」

我說完，切到下一張投影片。

半透明的甜甜圈狀容器裝滿了粉紅色培養液，黃土色的牛隻細胞塊在裡頭滾來滾去。螺旋槳製造出的水流攪拌著塊狀物，使牠們轉啊轉的，表面凹凸逐漸撫平、體積越來越巨大、不斷接近球體。

當然了，這是為了解說才製作的快轉ＣＧ，實際上，牛胚要花兩到三個月才能長成可以出貨的牛球。

「培養液會隨著牛的成長進行補充。大致上，注入牛體積四倍左右的培養液是最合乎效率的。」

「為什麼要攪拌呢？」

「要透過振動使肉質均一，也為了將氧氣納入其中。若將牛浸泡在靜置的培養槽，內部細胞就會壞死。這些牛並沒有心臟，所以要用培養液浸潤牠們，才能將氧氣或養分送進體內。」

「呃，牛不會頭暈嗎？」

我聽到小孩子的聲音。

「牛沒有頭可以暈。」

聽到我這麼回答，參訪者哄堂大笑。

正確來說，暈的部分不是頭，是三半規管，不過總而言之，牛球是沒有感覺器官的，也沒有腦可以去感覺。牠是食用產品，因此有肌肉，不過正確來說，那只是隨便抓一個比例混合肌動蛋白絲和肌凝蛋白絲這兩種肌肉構成要素所得的產物，可以稱之為肌肉嗎？我對此抱持些許疑問。

大多時候，參訪會的聽眾只會沉默不語，最後才問一兩個問題，但今天開場後立刻有人發言，導致大家認為「參訪會就是那種調調的場合」，於是毫無節制、接二連三地開口。如果我是學會的會議主席，應該會為此盛況感到開心，但我只是行銷人員，只該按照工廠決定好的流程說話。就算收到良好的意見或很有意思的提案，我也沒有往上頭傳的權限。對於只想趕快完事回家的我來說，他們這種積極只是多餘的。

「那麼，各位請往那邊看，那是實際使用的培養槽。」

我隨意拋出一句話打斷提問，將聽眾的注意力引導到他們背後。他們同時回頭後，大片落地窗上「嗡」地冒出一個紅色箭頭，它的前方擺放著塗白的甜甜圈形培養槽，可見範圍內就有幾十座，直徑都有幾公尺左右。

聽眾看了之後點點頭，感覺像在說：喔——牛就在那裡頭長大啊。

培養槽的內部構造終究得看ＣＧ才看得出個所以然，因此我實在不知道他們為何有必要實際跑來看牛工廠。看自己吃的肉的製造工程，會對人生帶來什麼好處呢？

我想，好處頂多只有一個吧，那就是透過「看過實物」的體驗為自己的知識賦予故事性，藉此站上高人一等的位置。

「我可是到雅加達的食用肉工廠參訪過喔，自己平常吃的肉是怎麼生產出來的、是怎麼運送到桌上的，我都在那裡學習到了。你們真的仔細了解過這些嗎？是不是只在虛擬的網路世界接觸到知識，就以為自己什麼都懂了？」

類似這種感覺。來到工廠看ＣＧ算是「真實」體驗嗎？我不清楚，不過多虧這種人有一定的數量，我現在才能混口飯吃。他們也是困擾的根源就是了。

「經過培養液浸潤後，牛球會成長到直徑二十公分左右。再大下去，氧氣就無法運送到內部的每一個角落，因此長到這個尺寸後便會取出、出貨。運送過程中也會浸泡在培養液中，在存活狀態下運往消費地。」

「不好意思，如果裝上心臟，牛就會長得更大吧？」

坐第一排的女人（八成是女人，從外表推斷的話）對我說。她的白色長髮有幾絲紫色挑染，束在後腦勺，身穿褞袍般的藍色衣服。

「有點困難呢。要用心臟循環培養液，就得建構封閉的血管系統。這麼一來，牛對培養液的反應度會下降，我們會難以細膩地應對牛隻的狀態。」

我這麼回答。其實另有理由，不過參訪會的原則是強調我們對牛隻的顧慮。正確答案是，少數人對球形牛有所共感，我們顧慮的是他們的感受。

提問者接著說。

「牛如果變得巨大，只要殺一頭牛就夠許多人吃。工廠應該要努力把牛弄大才對。」

啊，這傢伙有佛教文化的背景，我猜啦。相信輪迴轉生的人傾向以個數計算生命，其他文化的人則面臨殺動物或不殺動物的選擇題，不會把數量的概念帶進來。

我認為從數量的角度思考的佛教徒比較有現實性，但我剛剛只說接受大家提問，可沒向大家徵求意見。

當然了，這種話不能說出口，因此……

「您說得沒錯。等到技術更進步後，這樣的方向或許也會有實現的可能呢。」

我用很佩服似的語氣說。行銷人員當久了，便會練就這種花招。

實際上，遺傳工程方面的問題早就解決，若要量產擁有心臟的牛球，只需準備個幾年就足夠了。實際的問題不是缺乏育成技術，而是運送和保管的成本。

製作出大型牛球這種東西的話，運送時就必須進行切割。將牛剖半，牛當然會死掉。若要以活體形式運到消費地，直徑二十公分是最適合的尺寸。

「還有什麼問題嗎？」

我掃視整個房間，發現正中央有個藍皮膚的男子舉手提問。

「聽說這座工廠的牛是以大豆為基礎培育出來的，你們有沒有辦法把牛的基因完全移除呢？」

這位是印度教徒吧，我心想。

●

英國的動物們將人類牧主趕出農場，向天下頒布一條規矩：「所有動物不得殺害其他動物。」然而，成為掌權者的豬將反叛者處死，並改寫規矩為：「所有動物不得毫無理由地殺害其他動物。」以上情節出自喬治．歐威爾的童話故事《動物農莊》。

身為人類的我們，除了一小部分的虐待狂之外，並沒有誰會毫無理由地賦予動物痛苦、加以殺害。任何法律、宗教、文化都會同意這點吧。不過呢，人類的歷史也顯示：「理由」要編多少就有多少。

人類想吃牛，但不想殺動物。於是牛的非動物化，成為我們費盡千辛萬苦才找到的解答。牛球技術已有五十年左右的歷史。

最初期的牛球，是經過基因編輯牛的受精卵長成的。導入幾種基因後，牠便會成長為球體。這種牛沒有腦也沒有感覺器官，並非「會感受到痛苦的動物」。不過呢，我們畢竟是透過人工處理，將「放著不管的話理應會長成四隻腳的牛」的細胞球體化，面臨「你殺害動物」的指控時難以反駁。因此這個版本並沒有實用化。

下一個版本，是利用克萊格・凡特方法全合成出上一版牛球的DNA序列，再注入人工泛用無核細胞增殖所得之物。也就是不使用生物由來的物質，只用化學手段合成的牛球。「原本會長成牛的細胞」不存在，當然也就沒有殺害牛了。

然而，有個看法似乎在當時的世間蔚為風潮：不管有沒有物質連續性，只要是運用牛身上取得的DNA資料製作出的細胞，就是牛。於是第二版只賣了十年左右就廢止了。

看來食用肉的消費者，也就是世間大多數人，似乎不是透過基因的物質連續性去掌握「何謂生命、何謂動物」，而是透過故事性。科學家在當時學到了這件事。不對，應該說他們別無他法，只能接受這點。

於是呢，現行版本是這樣做出來的：用大豆DNA作為模板，將「添加了基因的物質」導入該細胞內，而我們會發現這些基因含有牛肉成分。實際發現的基因，除了真核生物共有的基因之外，其餘全都來自牛，但基因序列幾乎和大豆完全相同，因此法律和大眾都將牛球當作加工植物。

在前一個版本的階段，就算說「這是非生物」，還是會面臨抗辯：「這不就是牛嗎？」這次我們主張「這是大豆」，於是這些人就服氣了：「原來啊，是大豆的話就不要緊了。」

我們經常用圖書館的譬喻來解說這項技術。如果學校圖書館的藏書全都是漫畫，教育委員會就會來投訴。這時呢，我們放九成具有教育意義的「正確的書」來堅守立場，然後意思意思放個一成小孩子愛看的漫畫書。於是呢，實際上會被借閱的全都是漫畫書，但教育委員會看了書籍清單會大感滿足。

我聽說，最近小學生似乎以為「牛」指的是大豆加工品。記得牛原本是動物的人正在緩緩減少，道理類似如今已無人記得「饅頭」原本是活人祭品的頭部代替品。

動物牛只剩些許野生種，以及些許生活在保護區的前家畜，已瀕臨絕種。有點難想像，人類曾在某個時代憂懼牛的打嗝會造成地球暖化。

大致上將參訪客人都請出工廠後，我也踏上了回家之路。我是從郊外的巨大牛工廠往位於市中心的自家移動，因此馬路總是沒什麼車流，非常舒適。我的車子撇下對向車道的堵塞，發出「咻嚕咻嚕」的引擎聲，朝明亮的市中心前進。廉價ＣＧ般光滑的滿月從東方天空浮現，看起來沒什麼幹勁。

雅加達是世界上最大的都市圈。五年前東京消滅後，它遞補成了第一名。氣溫全年都是三十度左右。日本的季節只分為「熱」和「不熱」兩種，這裡則只有「下雨」和「不下雨」兩種。現在是「不下雨」季。赤道正下方的都市為何會有季節，我不是很清楚，似乎是附近吹過來的風所致吧。

牛球工廠在地球上大約有二十間，幾乎全都設立在赤道附近。最適合牛球成長的溫度是三十七度，若要將培養液維持在這溫度並考量到工廠設備排熱的話，設置在這種氣候環境中是最剛好的。食物生產在熱帶，計算機在寒帶——這種全球規模的分工已經成立了。人要是能住在溫帶是最理想的，但我們有工作要做，無法如願。

電梯在細長的超高層大廈中段停下，我穿過長長的走廊，打開玄關門，冰涼的空氣迎面而來。

「你回來啦，諾爾一，今天很晚欸。」

我走進客廳，橫躺在沙發床上的斑馬維持原本的姿勢，只抬起黑白雙色的臉望像我。他手中拿著某本小說。

「今天有難搞的參訪者跑來。」

「你之前不是說所有的參訪者都很難搞？」

「難搞也是有等級之分的啊，佛教徒的地獄可是有八層呢。」

話說完，我的頭轉向廚房。桌子收拾得很乾淨，正中央擺著的杯子插滿長條糖包。

「有晚餐吃嗎？」

「我也還沒吃呀。這小說實在太有趣了。你要不要煮點什麼？」

「好啊，晚點借我看看。」

我打開冰箱。裡頭有昨天在超市買的牛肉，蔬菜室內有一袋快要過期的洋蔥。

工廠的剩肉，你不能帶回家嗎？斑馬經常這樣問我，但如果沒有發生事故的話，沒有任何肉會遭到廢棄。廢棄食品會傷害企業形象，因此牛球的DNA都有個體識別編號，流通過程受到十分徹底的管理。

出貨後的牛球會在超市切塊販售。工廠生產的牛不可能有寄生蟲，因此生吃也不會有問題。但那種事，應該只有體內日本人基因多到一個極端的人才做得出來。我有三分之一日本人血統，但還是沒有這樣吃的習慣。不過吃壽司的時候倒是會吃魚工廠做的魚。

「吃牛丼好嗎？」

我對客廳的斑馬說。我已經開始開始做醬汁了，但還是問一下。

「那種甜甜的東西嗎？好耶，我很喜歡那個喔。」

我聽到了他的回答，於是將桌上的長條糖包全數撕開，倒下去。四包，十二克。我懶得用量的，因此大多都用這招。

保鮮膜包的肉，是半圓盤狀的外側部位。賣店切開牛球時，會先對切，將外側切成半月形或銀杏形，然後將內側切成紙籤形。

在工廠上班的我的個人見解是，內側和外側的肉質幾乎沒有差異。直徑二十公分，也是將肉質納入考慮才決定的。均值、規格化，是工業製品的必需條件。

不過肉鋪和超市似乎不會那樣思考，他們將相對於半圓盤狀「外肉」的長方形「內肉」視為稀少部位，用貴三成左右的價格販售。「不圓的肉」和「不會轉的壽司」一樣，似乎是你該懷著感激之心吃的東西。

仔細計算一下，與球體內接的正方體的體積，大約是整體的三十七%。原來如此，的確是「稀少部位」，不過呢，假如外肉和內肉的成分真的有差異，只要製作令整體都長成內肉的生產設備，再啟動它就行了。這種程度的技術在這世上是存在的，鄉下的小工廠就是運用它來生產帶骨肉、內臟、舌頭等狂熱者愛好的肉品。

簡單說，牛肉消費者不是從肉質看出內肉的價值，而是著眼於「牛球內側」的故事性。用菜刀切成一口大小的話，那種多餘的品牌情報就會消失得一乾二淨了。那是料理的過程中最愉快的時間。

肉裡沒有血，因此烹煮時也不會產生來自血液的雜質，放進鍋子裡以後只要擺著就行了。肉和耐熱玻璃鍋內側的茶色醬汁一起烹煮，看著看著越來越像是培養槽的CG。培養和調理的境界很曖昧。或者說，培養牛球的階段也許就該稱為「調理」了。調理時間長達數個月，這之中的大多時候我都是行銷人員，到最後一個過程才是調理師。

在這個分工細到不能再細的現代社會，理解食肉相關的一系列敘事似乎有某種意義。呃，這屬於面對他人時的優勢問題。

比方說，會跑來牛肉工廠那種裝模作樣的「聰明的消費者」假如放話說：

「我參觀過工廠喔。」

我就可以回他：

「我就在那家工廠工作，還會調理自己培養的肉。」

這樣做有什麼好處呢？我希望某個傢伙閉嘴他就會乖乖閉嘴。

我們兩個吃飯時不太說話。我們邊看電視邊動著湯匙。今天的新聞仍在播報東京在「外來人」占領下的情形。都已經過五年了，不會有什麼值得一提的新情報冒出來，不過我們沒有其他有趣的節目可看，所以還是照看。

地球人類來到殖民地後總之就是會蓋房子、開墾田地，同樣地，這些「外來人」占領土地後好像會先整平它再說。他們會將土地磨到表面材料彷彿是岩石的程度，光滑如墓碑，完全看不到接縫。聽說好像是先溶解土壤再加以凝固，過程中卻觀測不到什麼熱量，可見是使用了某種特殊的溶媒。

他們似乎沒有「占領地領空遭侵犯」的概念，我們讓無人偵察機飛到他們上空，他們也不怎麼在意的樣子。如果太接近的話似乎會受到電波干擾就是了。

「外來人」的形態像是球體下面長著蛇一般的幾隻腳，模樣會令你遙想古早年代的水母狀外星人，不過他們沒有臉。說起來似乎有那麼點像感染了大腸菌的噬菌體。球體裡頭有什麼，至今不明。溝通尚未建立，因此他們的目的也不明。

最早發現他們的蹤影是在二十幾年前，當時他們正在把地球附近的小行星轉化成球體，結果被路過的探測機拍了下來。那艘探測機似乎帶他們到了月亮上，於是月亮在五年前變得光溜溜的，傳統的兔子圖案就這麼消失了。如今輪到東京處在逐漸變得光溜溜的過程中了。不知是不是因為地球有大氣層，他們的作業速度比在其他星球時還慢，不過東京灣如今已被完美地填平，連木更津一帶都變得像巨大的圓形舞台。在上面辦活動的話應該會很好玩吧。

目前為止，武力攻擊還沒有成功的範例。對化為平面的東京投下導彈確實炸得出洞，不過外來人會大批大批扭呀扭地聚集到被炸飛的瓦礫旁，一陣子過後洞又會被整為平地。人類也嘗試回收外來人的屍體或活體，但未曾成功。試圖捕捉他們的話，要不是對方會像液體般溶化，就是捕捉用機器會被融掉。

要是干涉過頭，他們搞不好會跑到其他城市去，人類於是開始盡量避免刺激對方，力圖和對方建立溝通。

他們似乎來自太陽系之外，因此呢，電視雖然一直稱呼他們為「外來人」，但大家在判定他們到底是不是「人」這方面，意見是有些分歧的。有人說他們是機器人，在真正的外星人來臨前被派來當先遣隊，把星星磨得光溜溜的相當於地球的鋪紅毯。我不知道這說法當中有多少玩笑成分。

還有另有一種說法：他們是感染星球的病毒。細胞感染病毒後會失去內部張力，於是產生球體化現象，而這些傢伙是為了繁殖才在星球表面吸引某種物質過來，導致星球溶解、變得平整。這說明還算讓人服氣。

「諾爾一原本住在東京吧？」

斑馬開口問我。

「不是我的故鄉就是了。」

「你原本做什麼工作？」

「製作跟外來人一模一樣的人類。」

「這樣啊。」

話說完，我們又陷入沉默。廁所有乾濕分離，而說話時間與吃飯時間分離是我的作風，也是斑馬的作風。

●

我不太喜歡會在吃飯時時間說話的傢伙。

「生命並不平等。比起地球另一頭發生的大規模虐殺，家人的感冒才是更重大的問題。」

我還在東京時的研究員同事，在午飯時間這麼說。他長著一頭白色鬈髮，臉上皺紋多得像老人似的，但其實只是基因所致，他的年紀似乎比我還小。

我嚼著黏度很高的米，隨便點點頭回應。

「這時候呢，我們來設想一個『能夠將生命價值標示成距離函數』的模型吧。假設價值與距離成反比，並假定人類全都前後間隔一公尺、排成一列的狀態。也就是說，如果隔壁的人的價值是一百，再下一個是五十，再過去是三三，這樣的感覺。如此隊伍無限延伸下去的話，你覺得他人的價值總計會是多少？」

他開啟了這話題。他不是大白天就喝醉了，研究機構的日常對話大抵上就是這種感覺。

「無限吧。」

我吞下米飯，只低聲回了他這句。

「正是。但是啊，當他人性命價值變成無限大時，這模型就顯得實在很不自然了。這時候，我們不要設定成距離的反比，改設成距離平方值的反比來看看吧。尤拉[1]向我們揭示，自然數倒數的平方和等於圓周率平方和除以六，也就是說，這能保證他人生命的價值會收斂為有限值。不過這個模型呢，會在人類不排成一列、而是排滿平面時產生破綻。因此，為了設計出適當的函數，我們必須思考生命到底是排列在幾次元空間。當然了，這裡說的距離不只是物理上的距離，是將自己對他人的共感度也納入考量而得的數字。遠房親戚和身邊的外人，哪一方比較值得我們去共感呢？這也需要適當的函數化。古典分子系統學著眼於『自共通祖先分離的時期』，但在基因設計普遍化的現代，我們會需要更奠基於精神面的函數。這樣算是幾次元空間呢？這就是現在面臨的問題。」

研究員基本上無法一來一往地聊天對話。我貫徹「吃飯時不說話」的作風，這飯局於是就變成了對方朗讀腦海內文件的單元。

1　尤拉（Leonhard Paul Euler，一七〇七－一七八三）：十八世紀傑出的數學家，近代數學先驅之一。

順帶一提，這位研究員在五年前東京消滅時死亡了。

逃到雅加達來的我，聽到這位同事的訃聞時並沒有生出什麼憐憫之情。是因為我和他物理上、社會上雖然接近，但我對他幾乎沒有共感嗎？我們之間被設定了什麼樣的函數關係，我並不清楚。也許我只是看不慣他邊吃飯邊說話。

有種文化不僅存在於雅加達，凡是南國都很常見，那就是將冷氣開到透骨涼然後在房間裡穿長袖。起先我覺得相當反常，習慣後反而漸漸認為這很自然了。

我的皮膚不是我選擇的，但我穿的衣服是。衣服才貼近我的本質，穿著衣服才是適合度過私人時間的形態，不是嗎？斑馬也同意這點，因此不會為了冷氣溫度和我起爭執。

「你能行光合作用嗎？」

第一次見面時，斑馬看著我的綠色皮膚說。向初次見面的人詢問基因相關情報，實在不能說有禮貌。會這麼做的人，往往擁有明眼人看了都會覺得不對勁的身形儀態，他針對別人外貌提問其實是在表明：這方面的事情你也可以問我，不要緊。

「你的臉，是熊貓的基因嗎？」

我針對斑馬那黑白兩色的面孔發問。

「熊貓我吃不消啦，叫我斑馬吧。」

結果他這樣回我。黑與白並沒有形成條紋，感覺那樣叫他怪怪的，但從那之後我就一直稱呼他斑馬了，我並不知道他的本名。也不知道他是男是女，還是擁有非天然生殖系統。我對這些事也不怎麼有興趣。

共感性函數與我夠相近——這是我表示希望尋找同居人時，所提出的條件。而這地區內，他跳出來的數字還算高。簡單說就是感覺合得來，但試著實際生活才發現，我們連某些細微的癖性都驚人地相近。之前和我一起住的傢伙說受不了我用長條糖包煮菜，於是就和我道別了。

當然了，並不是綠皮膚就能行光合作用。這跟黑人無法太陽能發電的道理相同。為何是綠皮膚呢？答案是為了多樣性。形形色色的人類共存，才能有助於社會發展。

不同世代的人，對於何為多樣性會有不同想法。我出生的時代似乎認為膚色才代表多樣性，紅、藍、綠，這些膚色著實繽紛的小孩子塞滿了學校。斑馬大概也和我同世代吧。最近這個趨勢已經衰退了，大家轉而重視非肉眼可見部分的多樣性。聽說學校漸漸變成有益視覺的地方了。

如同牛球有許多版本，人類的基因編輯也有幾段歷史。如果要用一句話來說明兩者的方向性差異：牛球是工業製品，因此視均一為善，去除ＤＮＡ上刻畫的識別編號後，彼此可說是複製品關係；不過人類視多樣性為善，會刻意加入隨機性。

人類幫新生人類選擇基因，是違法重大倫理章的行為，因此會由電腦基於亂數做出選擇。當然了，完全胡亂決定ＤＮＡ序列的話，誕生的人類大致上會死翹翹，因此會使用不太會影響生存的參數來進行隨機排列。在這方面，拿膚色開刀是最簡便的。

於是呢，在三分之一日本人、五分之一德國人、八分之一衣索比亞人基因的基礎上，加入其他人種民族取樣來的序列或人工設計的基因後，綠皮膚的我就誕生了。他們似乎把模板化的人類名字湊在一起，將我命名為「威爾村・諾爾一」。

國際人類憲章寫道：凡是誕生在世上的人類，不管他們擁有什麼型態，都會獲得尊重。我想那至少不是徹底的謊言。

聽說我身上的日本人基因最多，所以我當初決定，總之就先在日本工作吧。我在東京的環保製造業擔任研究人員，不過呢，在那裡做的研究工作啊，就像是垃圾一樣。

連月球正面都出現「外來人」時，大家醒悟了，這不處理一下實在會出事的。世界各國的各機關被迫做出各種應對，到最後有件工作便被分派到我所屬的遺傳工程單位來了：

「製造內容跟地球人類一模一樣，外表跟外來人一模一樣的人工生命體。」

簡單說，只要製造出外觀和外來人相似的生物，他們就會試圖採取某種溝通手段吧？接著呢，他們用他們的技術調查生物的內部後，就會明白地球生命是什麼樣的東西了吧？如此一來，他們應該就能接受到一個訊息：你們試圖侵略的地球上，居住著擁有文化、值得生存下去的人類喔——我們公司的高層在簡報會上，如此向政客說明。

的確，會狠狠將星球弭平的外來人和地球人之間的力量差距相當懸殊，大概就跟牛拚不過人一樣。在這種情況下，牛該做的事情就是強調自己和人類的相似點，訴諸愛護動物的精神吧。總覺得他們的點子不算偏離正軌。

有一群人認為：「鯨魚很聰明，所以不能吃牠們。」他們好像從二十世紀就存在了。如果動物懂人類的語言的話，牠們肯定會拚命突顯自己有多聰明。為了不被人類吞下肚。

如果我東京的同事所言正確，生命的價值真的該用距離來評價的話，那麼共感性系數的距離應該會比物理性的距離更適合當作標準，我是這麼覺得啦。如果有誰會死、有誰會活下來，我會希望跟我合得來的人優先保住性命。

「外來人」的外表很單純，要設計出那種味道並不困難。困難的是內在部分。要怎麼配置肌肉才能觸發他們的共感？最先該問的應該是，他們是靠肌肉運動的嗎？還是靠馬達或引擎驅動？就連這些也不清楚。

結果呢，在我們將人工生命體投放到月球前，外來人就先來到地球了。我公司所在的東京整個消滅了。這樣還比較好，我心想。老實說，我實在不想讓其他星球的生物目睹這種點子。

●

收拾完晚餐碗盤，入夜了。

我向斑馬借了他已讀完的《仿生人會夢見電子羊嗎？》，翻得書頁啪啦響，邊讀邊喝甜甜的紅茶。我來到雅加達後就沒有喝酒的習慣了，不知是不是因為這樣，我好像更好睡了。

「實際上，電子羊好像比真羊還貴呢。」

斑馬在我旁邊說。

「現在搞不好是耶。只要從基因庫拿出基因，放進細胞裡，就能做出天然羊了。只不過符不符合倫理規章就不知道了。」

「拿到戶籍就沒問題了吧？」

「幫羊拿？」

我快笑出來了，結果斑馬瞪大眼睛說：

「咦？我沒說嗎？我的ＤＮＡ基底是牛喔，在牛的基因上放了人類的基因。」

「啊，這樣啊。」

我點點頭，然後翻起小說。翻了幾頁後……

「……你剛剛那番話，難不成是相當重大的表白？」

我才這樣問他。

「不知耶，應該沒那麼重大吧。應該就跟諾爾一不會光合作用一樣吧。」

「這樣啊。」

我點點頭，把書放到床邊。

現今的人類大多是作為各人種、民族等基因的隨機混合物生下來的，不過我確實聽說過，某幾個機關連動物的基因都會用上。

「也就是說，你臉上的黑白是從荷斯登牛來的啊？」

「正確答案。」

「為什麼叫斑馬啊？是牛就老實自稱牛啊。」

「不不不，諾爾一也不會自稱『人類』吧。」

「是說，你剛剛吃了牛丼吧。這樣不是吃同類嗎？」

「那是大豆嘛。」

「確實。」

話說完，我們沉默了一會兒。兩人心中似乎都浮現了一個小小的念頭：這搞不好算是在吵架？

「哎，如果想在這個星球上存活下來，也許只有兩條路能走了。成為人類，或者成為工業製品。」

斑馬吐出這短短的句子。我們度過了那樣一個夜晚。

「外來人」如果以東京為據點，繼續順利地將星球整平，人類也許會失去居住地，然後滅亡。

為何外來人最先來到東京呢？關於這點，現在也還有眾多說法，然而有人抱持這種意見：他們單純覺得那裡聚集的人最多，認為那裡有許多資源。

「如果是這樣的話，下一個就是雅加達了呢。」

斑馬說。

「大概吧。」

「又要逃到別的地方了？」

「也許呢。」

「諾爾一很期待這些傢伙毀滅人類吧？」

也許是吧，我心想。

畢竟人類已在相當久以前放棄自然生殖，物質連續性已中斷，感覺這跟絕種沒什麼太大的差別。作為個人，我不偏好我自身的死亡，不過凡是人類，總有一天都會死亡。都把這星球的生態系徹底改造到這地步了，也差不多該讓外星生命體將這星球犁為一片漂亮的平地了吧？這才是有利於故事的情節安排，不是嗎？我恍惚地想。

此刻只有兔子圖案消失的月亮，空茫地從窗外看向我。

姓田中的犯罪者特別多

「最好別叫田中。」

編輯O田川氏一開始就這麼說。那時我們在東京都內某處的喫茶店，我正在讓他看《魔法少女偵探阿嘉莎妹》的下一話分格草稿。

《少年Boy》月刊的O田川氏已經擔任我的漫畫責編五年，我們彼此建立了一定程度的信賴關係，對於工作有一種默契：不要搬出客套話式的讚美，開會時要直截了當。最近我拿分格草稿給O田川氏看之前，就能大致預料到他會看什麼地方不順眼，因此他不管說什麼都不會帶給我傷害。

不過呢，這次我一時之間聽不懂他在說什麼。

「啥？田中？」

「這個女性嫌犯，喏，田中久美惠，這不是你自己寫的嗎？改掉她的姓氏比較好。」

「……啊，你是說那個啊。」

《魔法少女偵探阿嘉莎妹》是國中女生用魔法解決事件的喜劇懸疑漫畫，這次是溫泉篇。住宿客被人發現陳屍在露天浴池，警方判定為火山導致的意外事故，但其實是毒氣殺人事件。嫌犯有四個人，姓「鈴木」、「田中」、「白川」、「福井」，不過其中的「田中」編輯不給過。

「哎呀，之前我告訴過您大綱吧，犯人不是田中，是白川啊。不要緊的。」

「但這樣一看就知道犯人不是田中啊，名字就露餡了。」

「啊——原來啊，反而會產生這種問題呢。」

「改掉吧。這次的名字有什麼緣由嗎？」

「是諾貝爾化學獎得主的姓氏。除此以外還有野依、根岸、下村……這些很少見，放進來的話馬上就穿幫了。」

設定上，《阿嘉莎妹》每一話的嫌犯姓名都有關連性，是我的一個小遊戲。除了犯人身分之外，還有其他東西可供推理，這招很獲讀者好評。

「呃，不過消去田中的嫌犯身分、實質上留下三個嫌犯，也可行呢。警察認定福井是嫌犯，然後誤導讀者相信鈴木是犯人，結果其實是白川……解謎篇的流程就是這樣嘛。」

我只口頭說過這大綱，O田川氏卻一五一十地背了下來。

「可是，這樣會變成在無關內容的地方提供情報給讀者，推理作品這樣搞，行不通呀。」

「啊，齊藤老師對這方面有所堅持呢，我認為這種態度很棒。」

我們同年，你不用叫我老師——這話我已經說了五年，但稱漫畫家為「老師」似乎是他的原則。O田川氏邊說邊用iPhone打開維基百科的「諾貝爾化學獎」頁面，滑呀滑個不停。

「改成吉野不就行了嗎？」

「我會盡可避免把吉野用在女性角色身上耶。」

「咦？為什麼？」

「那是我學生時代的，呃，該怎麼說呢，是我前女友的姓，我們分手的時候很慘烈，所以……」

「讀者才不會知道咧。你想想啊，進度已經拖到了，趕快決定吧。」

這編輯的心思一點也不細膩，不過我不得不說，他面對商業作品的態勢才是正確的。於是呢，身為受害者前妻但根本不是犯人的浴衣美女田中久美惠，改姓成了吉野久美惠。

●

「推理作品的詭計已經用盡，所有招式都出籠了。」推理界聽這句話已經聽了幾十年。如今我們只能打造古怪的偵探，加入流行元素或時事哏到故事內，帶來一些新鮮感。這樣的氣氛像毒氣般在業界蔓延開來。對我這種把青春期耗在新本格推理的人而言，現在是難熬的時代。

然而，特立獨行型角色帶來的衝擊感一下子就淡了，把流行的事物連結到殺人事件上頭的社會風險則高到極點。

半年前發生過一件事。《破破爛爛漫畫》的人氣作品《全寫在臉上偵探！麻賽克君》，出現了這樣的場面。當中某角色看著其中一個姓「田中」的嫌犯，大喊：「看你的名字就知道你是犯人啦，全寫在臉上了嘛！」雜誌發售當天在網路上大炎上。騷動的結局是作者在推特謝罪，出版社回收雜誌。

作者針對這件事發了一則推特：「身為透過漫畫創造事件的一方，就某種意義而言，我這次也不小心創造出了一個事件呢。」結果演變成提油救火的狀況，這件事和正題無關就是了。

從此之後，要是有推理故事或警匪故事將犯人命名為「田中」，業界就會緊張萬分。

雖說如此，能使用在作品中的姓氏就算少了一個，故事也不會出什麼問題。

頂多是像我這種懷著玩心幫人物命名的作家，會感到有些困擾吧。因此呢，刻意使用「田中」這個姓反而能令讀者感受到強烈的意圖。

「話說回來，」

我邊喝咖啡邊說：

「為什麼會形成『犯人是田中』這種印象呢?幾年前還沒這種事吧。」
「我以前在5ch之類的地方就聽人說過喔。」
「嗯，我不會看那些網站。」
「呃……啊，NICO NICO大百科上有懶人包，我再傳給你囉。」
他說完，用AirDrop傳了截圖到我的iPad來。別傳截圖給我，給我網址——這種話我也說了好幾次，但他從來不照做。O田川氏是個能幹的編輯，但跟3C產品很不熟。
確認傳送完畢後，他拿著兩杯咖啡的帳單站了起來。
「那麼，事件篇的分格草稿就這樣定案，還請加油做畫啊。解謎篇的分格草稿也麻煩了。啊，雖然詳情未定，但老師或許差不多該想想下一個主角的設定了。」
少年漫畫幾乎不會有主角途中換人的狀況。「想下一個主角的設定」，意味著連載就要結束了。
「齊藤老師的漫畫是非常優秀的推理作品，如果換一個符合時代的主角，應該就能掌握新的讀者群，可以嘗試打造出一部暢銷作品。」
「……啊，是的。」
我無力地回答。總覺得「嘗試打造出暢銷作品」是個奇怪的說法。真的大賣的作品只有一丁點，但如果有毫不追求暢銷的漫畫，我倒是想看看。

「非常優秀的推理作品。」

從最早提出連載企畫那時候到今天為止，這句話我聽了一次又一次。

「……以上這些部分是非常好的推理元素，但是……」

O田川氏按照對話的套路先誇了我的分格草稿一陣子，之後萬分抱歉似地提出他的看法。明明是我的漫畫，他的表情卻彷彿在說：「都是我這個編輯不好。」

「主角的性格沒什麼反差呢。」

在《阿嘉莎妹》的企畫階段，我所構想的是平凡國中男生主角。一個下課時間會在教室角落拿課本塗鴉的陰沉阿宅。嗯，也沒什麼好隱瞞的啦，就是以過去的我當作範本。

「平凡的國中生其實是非凡的名偵探——已經稱不上反差囉。要讓不該當偵探的人成為偵探才行。」

「像『三花貓福爾摩斯』那樣嗎……」

「沒錯，比方說，魔法少女偵探。讓她使用推理作品中不該出現的魔法就對了呀。」

後來我才痛切地明白，O田川氏自信滿滿地說「比方說」時，意思是「我內心已經決定了，其他選項都沒戲唱」。他並不是在舉例。「單行本的封面，比方說這種感覺如何呢？」當他這樣說時，已經和設計師開完會了。

利用超常現象的偵探多如牛毛，不過我搭上當時的惡搞魔法少女風潮，順利在一開始衝出氣勢，接著採取維持那動能的形式勉強持續下去。上網查評價會看到「主角看起來很呆，卻意外地有在推理解謎」這種好評，裡頭混著「主角不怎麼可愛」、「最近是不是沒在用魔法？」等吐槽。兩種我都看到膩了，情感已不會為之波動。

要論角色強度方面，不得不說《全寫在臉上偵探！麻賽克君》真的很高明。角色設計並不優先考慮有沒有偵探味，而是去強調身為一個人不該展露出來的部分。招牌台詞：「這整個事件，我連細節都看得一清二楚哩！」還有受男孩歡迎的手工模型機器人。基於作品以低年齡層為目標讀者等種種原因，詭計非常初階，但主角的鮮明性格彌補了一切。它令我羨慕、不甘心，是我心目中值得尊敬的作品。正因如此，該作品因「田中」事件受到傷害時，我感到無比遺憾。

●「田中犯下的事件一覽」

某人在5ch寫下這沒什麼特別說明又冷冰冰的列表，據說它就是一切的開端。

原本的討論串上還並列著「佐藤事件」、「鈴木事件」、「高橋事件」、「伊藤事件」，因此寫下這些文字的人八成對「田中」這個姓氏並沒有懷抱任何感情。只是個大閒人吧。

不過呢，「田中事件」以「洛克希德事件[1]」開場，再加上「日本海豪華客船挾持事件」、「關西男子高校同時襲擊事件」等引起世間矚目的事件也入列了，大家才單獨將「田中」項目截圖，廣為流傳。就這樣，「姓田中的犯罪者特別多」這種形象的地基漸漸形成了。順帶一提，男子高校襲擊事件的十一個犯人當中，似乎只有一個姓田中。

之後有好一陣子，「都是田中不好」討論串悉心貼出一個又一個嫌犯姓「田中」的新聞，還有人綴文罵認識的人，說「我們班的田中怎樣怎樣」、「我主管田中課長怎樣怎樣」，但也僅只如此。這不過是網路角落常見的奇妙文化之一。

情勢是在兩年前田中首相醜聞爆發時產生了變化。大量的抗議人潮舉著「田中總理下台」、「都是田中不好」的標語，在國會前面形成人龍，緩緩走動。「都是田中不好」拿下那一年流行語大獎。抗議本身和5ch沒有關聯，不過這句話成為流行語後，大家上

1　洛克希德事件：前日本首相田中角榮涉嫌的貪污事件。

網搜尋關鍵字，結果發現了5ch的討論串。「姓田中的犯罪者特別多」這個形象就像原油般流入網路之海，一點一點擴散開來。

以上就是NicoNico大百科的說明。

我回想了一下，發現確實是大約兩年前開始，只要出現「田中」的犯罪者，推特上就會有成串的回文。「又是田中啊。」「果然#都是田中不好。」「田中就是這種德性。」「不出所料的田中。」當中也會出現受害者姓田中而非犯人的情況；還有毫無關聯的犯人，名字被竄改成「田中」的合成影像到處流竄。還有驗證這種說法的部落格出現，不過沒什麼人認真地視為問題。

「只是一種玩笑吧。」

這就是大多數人的說法。「姓田中的犯罪者特別多」這種論調和所謂的偽科學不同，沒有任何人會相信人名對犯罪傾向的影響。說它是玩笑，大家也能接受。有人是這樣對我說的。只要稍微有一兩個人認真提出「都是田中不好」的有害性……

「我們應該要保護批判權力的言論。」

就會有這種反駁。也就是說，「都是田中不好」已經成為批判政權的固定用語，封殺它就等於是嚴重的壓制言論。

「都是田中不好」就這樣逐漸普及，不知不覺間，「爆雷：犯人是田中」已成為影片網站留言欄的固定班底。有些人似乎還拿「田中」來借代犯人。「這事件的田中是誰啊？」「高橋肯定就是田中啦。」不過這種用法並不普及，和正題無關。

●

「連載搞不好要結束了。」

我邊洗碗餐的盤子，邊開啟話題。妻子正在幫文具貼上姓名貼紙——「1ㄋㄧㄢˊ 3ㄅㄢ ㄑㄧˊ ㄊㄥˊ ㄇㄠˇ」。兒子正在客廳看電視，應該聽不到我們的對話。

「這樣啊——辛苦了。」

聽妻子的語氣，她彷彿覺得沒什麼大不了。

「……呃，這件事，還挺悽慘的耶。」

「嗯，你是說你的漫畫要結束了，對吧？」

「不，還沒確定，但有這個可能性。」

「啊，要是更早一點結束，我先前還會更輕鬆一點吧。截稿日前就不能拜託你去幼稚園接送小孩了呀。」

「如果只是接送，我三、兩下就能搞定呀。」

「不行不行，你要是頂著截稿日前的臉去幼稚園，一定會被報警的。」

妻子笑出聲來。確實，截稿前我有時會連畫三天不睡覺，但沒想到我的樣子那麼嚇人。

我和同世代的男人一樣，很憧憬「不巴著傳統家庭觀念不放、平等對待妻子、有好好在做家事的新好丈夫」之類的狀態。因此結婚時，我向妻子提案：

「我可以用筆名工作，所以我改成妳的姓吧。」

結果……

「不不不，不用那樣啦。」

她狂搖頭，像隻濕透的狗。

「那樣會有人問我：妳結婚了怎麼沒改姓，為什麼？妳丈夫入贅？太麻煩了。」

「可是，跑改名手續很辛苦吧？」

「我絕對比你擅長跑公家機關辦事吧。」

我連個屁也放不出來了。漫畫家出道那年，我在報稅時犯下嚴重失誤，只好宣布「作者外出取材，本期休刊」。妻子在公司當職員，論處理文件的能耐，我根本不可能贏她。

就這樣，我的「新好丈夫」從一開始就落空收場，而她從「田中」改姓為「齊藤」。

不過才改完，妻子就緊接著說：

「欸欸欸，『藤』寫起來超麻煩的耶。」

她很不滿。

「考試的作答時間根本會因此變少嘛，絕對不公平。」

「你從以前到現在一直在忍耐嗎？真令人尊敬呀！」

「如果有這種注意事項，你要先說啊。真的是結婚詐欺耶。」

「在原子筆頂端加一個『藤』字印章的話絕對會大賣。」

就像這樣，她對全國的齊藤咒罵連發，不過呢……

「咦？生了小孩還要讓他寫這個字啊？虐待？」

當她這麼說的時候，我實在是有點火大了。

「別把人家的姓氏說成虐待啦。」

當然了，妻子雲淡風輕、毫不猶豫地說：

「呃，我現在就姓齊藤嘛。」

真的生下小孩後，妻子對「齊藤」的批評告一段落，彷彿接棒似地，輪到「都是田中不好」出現在網路上。就這角度而言，妻子可說是巧妙地躲開了「田中」的受難，不過本人對這件事似乎不怎麼關心。

「不過啊，我是因為你叫齊藤，才勉強可以接受的喔。如果是齊藤的話，我絕對不會跟你結婚。」

妻子貼完姓名貼紙後這麼說。她口中的「絕對」和O田川氏的「比方說」，都不是字面上的意思。世界上還有好幾個這種詞彙。

「全國的齊藤絕對都因為自己的姓而錯過婚期了啦。」

「別那樣說啦，感覺好像在說罪犯都姓田中。」

「不過齊藤不結婚的話數量會漸漸減少，這個問題早晚會消失呢。」

妻子做出辛辣發言，然後笑了。

如今，我在心中浮現一陣寬慰。幸好兒子的貼紙上寫的姓氏是「ㄑㄧˊ ㄊㄥˊ」，而不是「ㄊㄧㄢˊ ㄓㄨㄥ」。我結婚那陣子還沒聽過「姓田中的犯罪者特別多」這種說法，但兒子的同學如果把這話當真……光是想像我就感到恐怖。

《全寫在臉上偵探！麻賽克君》炎上時，身為同業，我對作者投以同情的目光，但如果我兒子姓「田中」的話，我可能會以相當不同的角度看待這件事吧。而且，這種小孩在現實中應該為數眾多。

我要前往工作用的房間，開始畫《阿嘉莎妹》。我要把浴衣美女「田中」一一改寫成「吉野」。把妻子的舊姓改成前女友的姓，感覺是很不恰當的一項作業，但為了保護原本可能姓「田中」的兒子，或說保護全國各地實際存在的田中小朋友，我不改不行。

●

「好的，事件篇的完成原稿，我確實收下了。那麼解謎篇的分格草稿，還有……嗯，總之請多指教。」

O田川氏含糊帶過。「想下一個主角的設定」這種事，就連他似乎也有難以啟齒的時候。

「啊，對了，齊藤老師。《少年小鬼頭》雜誌的新連載推理漫畫引起很多討論耶，您看了嗎？」

「還沒，最近有點沒心力，無法關注到其他出版社的作品。」

「哎，請過目一下吧，滿厲害的喔。」

O田川氏話說完，便用AirDrop傳截圖給我。

只傳漫畫雜誌封面給我也沒意義吧？真是的，對3C產品一竅不通的人有夠令人困擾呢，我一邊心想一邊打開圖檔。眼熟的《少年小鬼頭》週刊的商標下面畫著一位青年，應該是男主角吧？再下去有這幾段文字。

新連載卷頭彩頁！

《田中：被懷疑的偵探》

被擺了一道。

看到標題的瞬間，我腦海中浮現的正是這五個字。

偵探姓田中，原來還有這招啊。

網路導致犯罪者形象深植於「田中」這個姓氏，作者反而拿它當作偵探角色。就是這個啊。讓不該是偵探的人成為偵探，這就是O田川氏追求的反差。

我立刻前往超商，拿起一本《少年小鬼頭》。銳氣昂揚的超大型新人「A1」的首度連載，上頭這麼寫道。每個新人都會被冠上這種頭銜，所以沒什麼意義。總之讀內容就對了。我大致讀完一遍後買下書，回程電車上再讀一次。

「被懷疑的偵探」田中由於姓氏的關係，從小到大都被旁人懷疑是犯人，還被警察監視。為了保護自己，他學會了各種「不會被懷疑是犯人的自衛詭計」，很快地，他進一步利用自己的逆境，發揮「尋找真凶」的技巧。

他不會只依賴設定的衝擊性，對登場人物的心理描寫非常細膩，尤其主角田中處理得特別好。畫面也精緻到令人料想不到是新人；推理設定神似八〇年代，是本格派。

這會大賣。不是追求大賣，是會大賣。我的經驗如此向我訴說。

我甚至不會產生不甘心的感覺，因為我們之間有壓倒性的能力差距。

●

《田中：被懷疑的偵探》為停滯的少年漫畫雜誌推理作品帶來活水，「柯南之後就輪到田中了」這種印象轉眼間成為讀者之間的一種定論。如今打開電視也好，走在街上也好，每天都會看到「田中」兩個字，沒有例外。最新一集首刷一百三十萬本，可與日本全國的田中的人數匹敵。

宣布動畫化後，接著又宣布要製作真人版電影。之前身分成謎的「A1」，到了這關頭終於首度接受採訪，公開了以下消息：他的本名是「田中瑛一」，主角被當成嫌犯的劇情描寫是以他的真實經驗為本。

——你現在二十三歲。

A1：「在高中的時候，第一次有人對我說：『姓田中的犯罪者特別多。』那是學生品格相當糟的高中，會發生錢包不見、菸蒂冒出來之類的事情，就連老師也會半開玩笑地說：『田中，是不是你搞的？』」

——作品中使用的「自衛詭計」是你當時想出來的嗎？

A1：「我從小就喜歡推理作品，不過高中那陣子我很確定：『如果教室裡發生殺人事件，我一定會變成嫌犯吧。』於是我並沒有思考揪出犯人的方法，而是一直思考如何能不被懷疑。這好像也成為我揣摩犯人心理的一種線索。」

——A1老師的漫畫就算畫到陰鬱的故事，也會讓讀者感覺到某種溫柔。大家都寄予這種好評呢。

A1：「我隔壁班也有姓田中的女孩子，好像因為女孩子朋友圈內有一些摩擦，人家就懷疑她『是田中搞的鬼吧』。最後她就不去上學了。看到這種狀況後，我心想：『不管發生什麼殺人事件，最終都有偵探揪出真凶的世界真是溫柔到了極點呢。』我是懷著這種念頭在畫漫畫的。」

——這次為何毅然決然公布本名？

A1：「伊藤先生（責編）說一開始就用本名比較好。但我不希望給作品『畫的人姓田中』這種附加價值，希望大家純粹評價漫畫本身。」
伊藤：「不過作品大賣，已經展現出實力了，應該也差不多可以公開了吧（笑）。」

閱讀《少年小鬼頭》的卷頭彩色訪談報導的過程中，一股不恰當的情感支配了我。如果擁有一般的正義感，我應該會為他們這個世代的「田中」背負的不幸感到同情吧。如果妻子晚生十年的話，也許會變成這個「不再去上學的女孩子」。

然而，我心中湧現的是無法抑制的嫉妒。

為什麼我姓齊藤，而不是田中呢？

如果我姓田中的話，也許就畫得出這樣的作品了。

我人生中面臨過最大的難關是報稅失敗——這樣的我無法成就的作品，姓田中才有辦法表現出來的深度，擺在我的眼前。

不過呢，後來真人版電影找的主角演員姓「山本」，在網路上引起了爭論：「敬意不夠吧？動畫的聲優可是姓田中啊。」這和正題沒什麼關係就是了。

轉眼間過了好幾年。

當初據傳將畫下句點的拙作《魔法少女偵探阿嘉莎妹》，到現在也還在連載。創下歷史性銷售紀錄的少年推理漫畫使大家對「田中」刮目相看，之後聽說有熱心書迷幫我傳教：「喜歡田中的話也讀一下這部吧！」於是我的人氣又恢復了一些。作品中已經很久沒人用魔法了，但沒有任何讀者吐槽。

「齊藤先生，怎麼啦？您這張臉比平常更缺乏霸氣耶。」

O田川氏對我說，他和我正在家庭餐廳內開會。這位編輯比平常更不貼心。

「哎，昨天兒子對我說：爸爸別畫什麼魔法少女偵探了，畫田中那種感覺的作品啦……」

「不會怎樣啦，《少年Boy》所有漫畫家都聽自己的小孩說過這種話。維持這路線繼續畫下去吧。」

O田川氏抬頭挺胸地說。雖然說，雜誌上並沒有立足於最前線的暢銷作品，編輯根本就沒什麼好抬頭挺胸的。

據說以下對話已經在我兒子的國中展開好幾次：「聽說齊藤的爸爸是漫畫家耶。」「嗯。」「畫什麼的？A漫？」「啥？才不是咧，偵探故事啦。」「難道是田中!?」「……不是（小聲）。」「咦？什麼啦，告訴我啦。」「反正你沒聽過啦，說了也沒意義——」

說話對象是女孩子的話又特別悽慘了。我不忍思考這狀況會讓青春期的少年陷入什麼樣的尷尬。

家庭餐廳的牆壁上貼著《名偵探田中》的海報。只要點特定餐點，似乎就能拿到週邊商品。應該是第三部劇場版動畫的宣傳活動。

動畫化時，「被懷疑的偵探」這個頭銜消失了。現在的小孩聽到「姓田中等於犯罪者」，似乎也沒什麼感覺了。原作標題沒改，不過大家只把「被懷疑」當成主角個人的特性了。

「我兒子在蒐集週邊商品，可以請O田川先生也點一下指定餐點嗎？」

「面對競爭對手毫無自尊可言呢，齊藤先生。」

「如今還把他當成競爭對手，就太看得起自己了吧。」

「說得一點也沒錯。」

O田川氏笑了。

「然後呢，這是阿嘉莎妹新刊的電子書銷售狀況。」

他用AirDrop傳了一張沉穩的曲線圖表給我。作品沒被腰斬，不過感覺不會有更多發展了。曲線呈現出的就是這種狀況。我的野心浮現了：不如就這樣撐到退休，成為《少年Boy》月刊的大老吧。

「……然後呢，這次的四名嫌犯姓住吉、加治、田中、善光寺。我把田中設定成犯人的名字，可行嗎？」

「好耶。對現在的小孩而言，田中給人偵探的印象，因此設定成犯人就會有反差吧？」

「法律層面沒問題嗎？」

「我還是會向編輯部確認一下，不過呢，呃，應該沒問題吧。田中只是隨處可見的姓氏呀。」

說得一點也沒錯。那明明是隨處可見的姓氏，我們為什麼要緊張成這樣呢？

「對了，《阿嘉莎妹》這一話開始有男生登場……」

「啊，是的。O田川先生要我放一些戀愛喜劇要素對吧？」

正確來說，他的措詞是：「放新角色進來，製造一些新展開，拉抬一下氣勢如何？比方說，加入戀愛喜劇要素之類的。」但這和正題無關。

「是的，這樣很棒，不過名字呢……」

「名字？」

「最好不要設定他隸屬弦樂社、姓渡邊。」

話說完，O田川氏用AirDrop傳了「渡邊很擅長樂器的形象是如何固定下來的」文章截圖給我，這又和正題無關了。

吞食數字

說到無聊話題，數學、別人做的夢都是很有代表性的。

因此我接下來要說的，也許是世界上最無聊的事情吧。畢竟那是我做的夢，而且和數學有關。

那一天的我就讀高1，第4節課小考考得實在太爛了，因此我和交情好的同學們圍著課桌吃便當，同時表達自己對「虛數」的不滿。

3的2次方是9，那麼哪個數字的2次方會得到負1呢？那種東西可說根本不存在，為此才導入虛數i——差不多聽到這裡，我就理智斷線了。

方程式對社會有某種貢獻，這點就連我也認同。將未知數字標為X、設法查明它，是在世界上各種地方應該都會有用途的一項作業。二次方程式解題公式雖然莫名複雜，但是呢，哎，我還會想要勉為其難地容忍它們。

然而，「有方程式沒有答案，所以我們新造了1個數字」終歸是超越了我的忍耐極限。你們又不是政客，拜託別把那種詭辯擺到我們眼前啦。阿姨我還未成年耶。

我搬出更像對熟人講話時的調調說出這些話。

「扯什麼政客啦。」

大家喊出回應，然後用女子高中特有的調調發出呀哈哈哈地大笑。當時氣氛弛緩了下來，我趁機說：

「阿雪，妳不吃櫻桃的話給我吃。」

我那靈巧的雙手從右手邊阿雪的小小便當盒中拿出兩顆紅色果實，流暢地放入口中。那陣子我參加籃球社，要論搶球，我應該是全學年最厲害的。

「啊。」

阿雪出聲了。她雖然是班上成績最好的同學，在這個重視升學、講求成績至上主義的學校卻不會表現出臭屁的樣子，算是擔任聆聽者的角色。個性好歸好，搶走她刻意留起來的寶貴櫻桃，她果然還是會真格動怒啊。

「那不然，小風看過數字嗎？」

當時的阿雪，露出我簡直從未看過的恐怖眼神。

就這樣，我在中午攝取了大量的糖分，結果把下午第1節英文課全睡掉了。我們高中採取升學學校常見的放任主義，教育方針是「不叫醒打瞌睡的學生，學習落後自己負責」。因此我把藤井老師那帶有腔調的英語當成搖籃曲，大睡整整50分鐘。

並且做了夢。

我和阿雪2個人，在放學後的教室內。

接下來我要交代夢境內容，因此會有一些奇怪的描寫不斷跑出來。首先，我們學校並沒有「數學室」這種空間。有理科室卻沒有數學室，感覺不太公平，不過也沒聽說過有什麼數學器具需要收納在數學室內。然而我的大腦有某個部位正在睡眠之中，因此我並不覺得數學室的存在「很奇怪」。

我們面對面坐在1張長桌前，那是數學室常見的桌子。應該沒有人看過「數學室常見的桌子」，但總之在夢中的我看來，那是「數學室常見的桌子」。它和理科室的桌子一樣，有塗黑的桌板，但沒有水管或瓦斯噴槍的開關。桌腳很粗，直接固定在地上，沒有抽屜。構造是這樣的。旁邊還擺放著幾張鐵製旋轉椅，像是在職員辦公室用舊了之後送過來的。

桌上有白色陶盤，盤內擺著3顆蘋果。

「這是什麼？」

我提問。

「我想和小風一起吃的。」

阿雪回答。蘋果小小的，幾乎可用手掌完全包覆。我之前好像看過歐洲的蘋果，就這麼大。《大魔域》中培斯提安吃的那種。

「可是，3顆蘋果沒辦法讓2個人分著吃吧？」

我問道。感覺還有很多該問的事情，但人在夢中不會對疑問產生疑問。

「沒關係，這樣做就行了。」

阿雪的雙手蓋住蘋果，開始輕柔撫摸表面，像在按摩似的。我不斷定睛看著她的手勢，發現蘋果和手勢好像有某種連動，它逐漸變得軟綿綿、鬆垮垮的。類似在眼前揮動鉛筆，它看起來就會軟軟彎彎的那種現象。

啵，洩氣聲傳來。3顆蘋果分成了「3」和「蘋果」。她的雙手輕柔地包覆「3」，盤子上只剩蘋果了。

「來，請吃。」

阿雪將盤子推過來，無視傻眼的我，開始大口大口地吃下3。比起沒有數量的蘋果，阿雪吃的3更加令我目不轉睛。

仔細想想，我至今看過好幾次「3顆蘋果」、「3公里的上學程」、「3連休」等等，但那全部都是附著在東西上的3。自東西剝落下來的3，我還是第一次看到。

說起來很理所當然，不過那東西和數字「3」或漢字「三」的形狀完全不同，正配合著阿雪的動作扭動著。如果事先沒看到剝落的場面，我應該不會發現那是「3」吧。

我以錯愕的眼神看著這場面，阿雪卻和我形成對比，表情安穩得像是坐在暖爐旁打毛線。

「那個，好吃嗎？」

我問她。

「很苦。」

阿雪回答。

盤內剩下的是沒有數量的蘋果。我將它拿在手上，用嘴唇去碰，用牙齒去咬。比超市買來的蘋果再硬一點。小歸小，總覺得果肉也因此比較緊實。門牙穿破果皮，噗哧，果汁噴入口中。酸酸的，有點甜。感覺做成果醬會比直接吃適合。

我繼續咬蘋果，阿雪繼續吃著3。數學室內空無一人，只有我們2人的咀嚼聲沉靜地迴盪著。操場傳來壘球社的吆喝聲。

說到這個，我不去籃球社練球沒問題嗎？我有點在意，但因為是在夢中，我並沒有越想越過意不去。

「欸，為什麼這蘋果，怎麼吃都吃不完呢？」

一會兒過後，我問她。果汁已經讓我的手變得黏呼呼的了。

「小風，妳在說什麼啊？蘋果吃了也不會減少吧。會減少的不是蘋果，是蘋果的數量啊。」

阿雪說話的同時，還在吃那個3。

「呃，那個3不會變成2嗎？」

「這已經不是蘋果的數目，只是一個3呀。」

她說。原來如此，的確啦，假如我吃蘋果會導致阿雪吃的3變成2，未免太噁心了。

「欸，我也想吃吃看那個。」

我說完，阿雪將3拿到嘴巴外，盯著我看。

「是我吃到一半的喔。」

「那就夠了。」

「等等，我準備別的3給妳。」

阿雪說完，開始張望四周。接著，她將吃到一半的3放進口中，走到黑板那裡。數學室的黑板沒什麼使用痕跡，無聲又光滑地佇立著。

她從粉筆槽拿起3根白色粉筆，在桌上排成一直列。粉筆都是全新的，筆直擺放後看起來像1根長長的條狀物。直覺感訴我，這個看不出是1根還是3根的擺法，一定是拔出數字所需的重要關鍵。

在這狀態下，阿雪滑順地取出「3」，彷彿在剝魚背骨。這次沒有處理蘋果時的開場橋段，動作靈巧到幾乎令人想要鼓掌。

「來。」

阿雪將3遞給我。

「呃，但這是粉筆的數字吧，可以吃嗎？」

「已經從粉筆上剝下來了，所以跟蘋果的3一樣喔。」

阿雪邊說邊將失去數目的粉筆放回黑板的粉筆槽內。

我雙手捧著阿雪遞給我的3，盯著看了一會兒。這是我第一次收到整個暴露出來的3，它和我先前看過的任何東西都沒有相似之處。它像活鰻魚那樣扭來扭去，要是我施力不恰當，感覺就會從我手中滑落。

「小風要是捧太久，手會變成3隻喔。」

阿雪這麼說，於是我慌慌張張地啃了下去。

第一次吃進口中的3意外柔軟、富有彈性，但什麼味道也沒有。觸感像咬了好一陣子的口香糖，讓我想起期末考前熬夜的時光。

「如何？好吃嗎？」

「不知道耶。」

我用含著3的嘴巴出聲。剛剛一直拿在手上的感覺很可怕，但現在也有點不安。這樣含著，舌頭會不會變成3片？

「是喔，不過吃不出數字味道的人比較多呢。」

阿雪的語氣很冷淡，總覺得她的意思好像是我沒有資質。不過我從很久以前就知道自己沒有數學方面的才能了。

我又繼續嚼了一下，3於是在口中消失了，「咻」地溶化掉似的。不是吞下，而是在嘴裡消失——這不可思議的印象殘留在我舌頭四周。

「3吃下去，不會變成2嗎？」

我問。

「不會啊。用3製造2的方法不是吃下去，要抽出1才行。」

「那種事也辦得到啊？」

「我沒辦法。」

這句話的涵義是「有人辦得到」，但我沒追問詳情。光是有人能從物品中取出數目就更夠令我混亂了，在這關頭阿雪要是談起數目食用者社群的事情，應該會稍微超過我的精神容忍度。

「阿雪總是會像這樣吃3嗎？」

「有時候也會吃3以外的數字喔。不過，3最好剝。」

「為什麼？」

「只是一種感覺，很難說明，不過比方說……妳應該知道1很難剝吧？」

「不，我完全不知道呀。」

「是嗎？1顆蘋果的1，喏，它會緊緊貼住蘋果，硬去剝的話感覺會弄壞不是嗎？不過並排3顆蘋果，然後一——直盯著它們看的話，就會漸漸看到正中央類似3的尾巴的部分。就像是變身不完全的狸貓那樣。用手指捏住那裡，然後拉出來就行了。」

「像冠詞『a』那樣？」

「我不是在談英文，是數字啦。」

「那，4或5之類的呢？」

「5甜甜的很好吃喔。有很多人雖然吃不出3的味道，但嘗得到5。不過準備5個東西是很費工夫的。」

「用剛剛的粉筆呢？」

話說完，我往粉筆槽一看。那裡有3根粉筆的數字已經被拔出來了，只剩下2根還有個數。

不知為何，那時我莫名想要吃「甜而美味的5」，於是拿出筆盒，將內容物倒到桌上。1枝自動鉛筆、1枝3色原子筆、2枝螢光筆、1個橡皮擦。

「總共有5樣東西。」

「要是有形狀不一樣的東西混進來，會很難弄喔。」

「是喔？」

「因為啊，我必須要有『這裡有5個東西』的認知才行。可是這樣是4枝加1個吧。」

阿雪雖然這樣說，但我拜託她無論如何都試試看，她於是露出「真拿妳沒辦法」的表情，開始剝數字。

那項作業似乎比剝蘋果的數字困難許多，光是在旁邊看也看得出來。她一下瞇眼、一下瞪大眼睛，試圖告訴自己：擺在眼前的不是4枝筆和1個橡皮擦，而是5個文具。最後她似乎抓住了什麼，緊緊掐著螢光筆的中段。

「啊。」

阿雪好像發出了微弱的聲音，我心想，結果數字2從2根螢光筆上頭剝落了。螢光筆的筆尖被2勾住，稍微往上抬起，之後就因為自身重量而剝落了。阿雪露出不甘心的表情，彷彿沒能成功扳開免洗筷。

暴露出來的2，比我看過的任何東西都還要古怪。它光是存在於那裡，我的視野整體就變得像亂糟糟的合成影像，感覺世界的現實感降低了一些。它帶給我壓迫感，應該不能讓這東西赤裸裸地擺放在世界上吧。

然而，剩下的螢光筆比2還要噁心。自紅色、黃綠色的螢光筆拔出2後，得到的是既紅又黃綠的螢光筆。並不是三色原子筆那樣，一枝筆有複數顏色。首先，它根本不是「1根」。

既紅又黃綠的螢光筆，在你盯著它的期間會不斷搖曳變色。並不是在閃爍，而是我的認知以刺眼的方式變動著。就像魯賓花瓶或鴨兔錯視圖那樣。我越看越不舒服，閉上了眼睛，結果那紅色與黃綠色的刺眼畫面還是在腦袋裡滯留了一會兒，沒立刻消失。

數個蘋果或數根粉筆的外觀幾乎沒有差別，因此抽出數字也沒事，但光是從顏色不一樣的螢光筆拔出數字就會演變成這樣了。如果從5個文具拔出5的話，也許會產生更要命的狀況。

這時，我不擅數學的大腦想到了一件事。

這裡有我和阿雪在，也就是有2個學生。如果阿雪用她的手將「2」和「學生」分離的話，「2」就算了，剩下的「學生」會變成什麼呢？有人做得到這種事嗎？

總覺得會冒出非常恐怖的東西。

當我的思路延伸到這裡時，第5節課的下課鐘響起了。

我半睜眼睛，猛然抬起頭，發現闔上課本的藤井老師以銳利的眼神瞪著我看，不過他接著發動升學學校特有的放任主義，一語不發地離開了教室。我的額頭感受到睡痕帶來的壓迫。桌上沾著我的口水。

阿雪很平常地坐在我前座的前座，正在把英語課筆記收進書包。桌上沒有蘋果，也沒有粉筆，更沒有噁心的螢光筆。上頭也沒擺著暴露出來的數字。

我在下課時間湊向阿雪的座位，告訴她：「阿雪出現在我夢中，把數字3從蘋果裡剝出來、吃掉了。」阿雪和其他同學都露出「啥？」的表情。也難怪啦，連我自己聽了都感到莫名其妙。

「可是，阿雪的數學超好的啊，總覺得剝下數字這種事情妳真的辦得到耶。」我很認真地說，結果其他同學一起笑了出來。阿雪也邊笑邊說：

「我沒辦法啦。」

她似乎沒為櫻桃的事情氣我。

之後，我一如往常地上完課，去籃球社練習，把平常的練習菜單做完一輪，然後進行社內的5對5鬥牛賽。我接到傳球，開始運球，然後突然想起阿雪（現實版）的嗓音。

「我沒辦法啦。」

那彷彿是在說：「有我以外的人辦得到。」

我頓時背脊發涼，同年級的社員輕輕鬆鬆就搶走了我手上的球。學姐有點嚴苛地罵了我一頓：「不要發呆，要把這當成比賽！」她說得沒錯。平常的我才不會被同年級的人抄球，那是搶走阿雪櫻桃的懲罰。

在那之後，只要聽到類似「吃下跟歲數一樣多的豆子」之類的話，我就會想起阿雪從蘋果取出3、吃起來時的表情。

這件事最好還是不要說給別人聽比較好呢，我心想。

基本上，牽扯到他人夢境和數學的事情，是不可能有趣的。

她想變成石油球

我想要變成石油球，她說。我想她大概是累了吧。

不是石油酋長嗎？我問，但她似乎是指石油球。我沒遇過幾個想要變成那種東西的人類。基本上，人類要變成石油球是很困難的。

為什麼？她問道。因此我仔細為她說明。要變成石油球得花上很長的時間，而且在這期間必須一直保持固定的溫度。人類的身體太小了，無法在那麼長的時間內保持熱度。可見，妳無法變成石油球。找出星球軌道上的石油球、成為石油酋長還比較有現實性啊。我以清晰的思路進行陳述，但她說我那樣很無聊。

她最近的工作似乎很吃重，一有閒暇就不斷思考：「人生是什麼？死後會怎樣？」呃，一般而言，死掉的話會燒成骨灰，然後送到地球埋葬。人類之間的主流宗教大多是在地球上誕生的，滿多人擔心不埋在地球就會落到這些宗教的管轄範圍外，不論你信的是釋迦牟尼還是耶穌基督。不過她沒什麼宗教信仰，認為骨灰不送回地球也無妨，反而很想成為石油球。

石油球的外表確實挺漂亮的。我偶爾會在影片上看到它們，該怎麼說呢，飄飄然的，外表像羊羹球，看起來甚至很美味的樣子。吃下去會死人就是了。

我從未親眼看過石油球，她也沒有。那也是當然的。儘管人家說宇宙裡的石油球多到可以堆成山，但宇宙比山寬廣得多，而且星系也分成盛產石油球的和沒那麼多的。只有棲息著龐大生物的環境會形成石油球，而從演化的觀點來看，要有相對應的環境條件才會有那種生物出現。

比方說，地球上的動物頂多長到藍鯨那麼大，植物頂多長到水杉的尺寸。是因為什麼去了？好像是因為重力和氣壓之類的吧。不過宇宙極為廣大，生物多樣性也很驚人。如此一來，當中也會出現某些生物以極為偏頗的達爾文主義為生存教條，一代一代越長越大。另外還有個體概念很曖昧，由兩公尺左右的細胞大量聚積而成、不斷扭動的細胞群體。那類的生物大到一個程度後，要在宇宙空間生存也沒什麼問題，於是會輕飄飄地飛來飛去。

大熊座的大熊大海豹就很有名，印象中全長有幾百公里。牠靠自己的重力就形成了一小片大氣層。什麼大熊大海豹啊，當初沒有更像樣的名字可以取嗎？

然後呢，那樣的生物如果不小心和小天體相撞，撞死了，牠的生命跡象便會停止，然後（跟人類差不多大的）細菌會勤奮地分解牠的身體並增殖。如此一來，屍體內部的溫度會越來越高，這次輪到細菌人受不了高熱逐漸死滅。接著，分解細菌的次級細菌（跟地球的細菌差不多大）就動了起來。

屍體像這樣漸漸分解成單純的有機物之後，呃，大多時候會掉到某顆行星上，不過據說呢，它們有時似乎會剛好卡進星球軌道，繞著繞著，讓恆星烤著烤著，變成直徑一百公里左右的石油球，飄浮於宇宙之中。大概是那樣吧，細節我忘了。

化石燃料時代已經是很久遠以前的事了，不過邊境星球到現在似乎還是會以石油球為能源。距離這裡二十光年遠的某某鄉下地方飄著滿多石油球的，當某幾顆來到採集成本划算的位置時，我們就會飆著液貨船過去回收。當然了，全部回收的話，我們的星球就會冒出石油海，因此我們只會慎重地帶回儲放得下的量。居住星球的衛星軌道上有石油球是最令人開心的事，不過那種情況很稀少。石油球與使用者的關係，是一生只有一次的相會。

不過自己的死亡能受到有效活用是很棒的事吧，你不覺得嗎？所以我才想變成石油球呀，她說。我認為她真的是累壞了。

●

抱持前述想法的她，在三年前死掉了。

思慮周全的朋友看我一幅走投無路的樣子，介紹了遺體保存業者給我。他們將她的身體降到地球生物無法活動的溫度後，以超隔熱素材做的袋子包起來，運到我房間來。據說，只要我不打開這袋子，低溫狀態要維持一兩百年都不成問題。

如此一來遺體便不會腐爛，總之爭取到思考時間了。我向朋友誠摯道謝，對方聳聳肩說：有機人類真辛苦呀。

好想變成石油球，她生前是這麼說的。人類要變成石油球極為困難，至少不可能在自然條件下產生這種變化。

不過簡單說，石油就是碳鏈。理論上可以用碳元素製成。既然如此，我也許可以利用某種化學處理將她的遺體化為石油，再讓石油飄浮於宇宙中。宇宙很廣大，有業者願意將遺體製成鑽石。那麼，應該也有業者願意將遺體製成石油吧。

當時我居住的星球是顆小行星，以長橢圓軌道繞行著一顆小恆星。夏天和冬天差了兩百度左右。

夏天結束後，這星球的所有動物都會結繭包覆自己的身體，開始冬眠。度過長達地球時間一千五百年的冬天後，在短暫的夏天一起繁殖。這是所有居民習性都像蟬的星球。

蒐集這些繭製成的產物，就是全宇宙隔熱效果最強的生物聚合物。如今她身上覆蓋著這樣東西以維持低溫，用途恰好和原本相反。

待在她冰冷的身體旁，我也決定讓自己的腦袋冷靜一下。就算運用化學處理能夠將她製成石油好了，處理過程中需要的能量大概會比石油能提供的能量還多。

自己的死亡能受到有效活用是很棒的事吧，你不覺得嗎？既然她這麼說過，我就不該採取那種浪費的行動。

所以我心想，那就照普通做法埋葬她吧。不過這麼做也會面臨問題。這顆星球原生的細菌無法分解地球蛋白質所構成的她。對於外星生物而言，地球人的身體跟塑膠玩偶沒兩樣。

因此，她的身體會被體內那些來自地球的細菌分解，而細菌失去唯一的糧食來源後全都會餓死。具生命之物全都不會留存下來，那樣就太悲傷了。

我就這樣，將袋子裡的她擺在房間裡猶豫了一年，最後將她的遺體帶回地球，埋進荒地上的小丘。這決定不是基於宗教問題，而是生命科學問題——她那以地球物質構成的身體，只有辦法對地球生態系做出貢獻。我們不管去到多遠的地方，「生於地球」這個印記還是會遍布我們全身。

原來如此，想變成石油球真是說得好。化學結構單純，作為素材也好、燃料也好，泛用性都很高，在宇宙的任何地方都會是有些用處的東西。事到如今，我似乎稍微理解她的想法了。

我緩緩打開隔熱袋，周圍的空氣變冷，形成了白煙。冷藏一年的她的身體已腐爛崩解，不再是人類的形狀了。不過作為物質，她確實是地球的生命。

之後過了好一段時間。我已不打算再回地球，不過偶爾會利用衛星攝影影像觀察那裡。埋著她的小丘，如今變成一小片波斯菊花田了。

東京都交通安全責任課

「要交到你手上的，是東京都車牌號碼55-3C4F到57-7BA9的車輛，大約一萬輛。你要好好掌握它們呀。」

我到都廳上班的第一天，交通安全責任課的課長叫出他特地為我這唯一一個新人製作的「給新人的業務說明會」投影片，向我進行說明。奔馳於東京都內的汽車數量有四十萬，當中似乎有一萬輛的責任要由我來擔。

「這些車出車禍時，責任會由你來扛。」

「我要做什麼事，來扛起責任呢？」

「你要辭掉工作。」

「辭職。」

「嗯。責任課就是為了這種功能才設立的部門。」

課長說話時的表情無比認真。

早在展開求職活動時，我就知道東京的公家機關或大企業都有「責任課」這個部門了，原因是自動化技術使得人類的工作持續減少。但不管再怎麼說，這種奇怪的「工作」竟然實際存在啊。我果然還是難以釋懷。

課長結束說明後，課員前輩幫我進行辦公室導覽。毫無裝飾性的鋁製辦公桌上，擺放著一整排可上網的國產電腦。所謂公務員式的辦公室風景。

「嗯，平常悠哉度日就行囉。」

這位前輩只比我大兩歲，但大學畢業後立刻就業，已經工作五年了。扛責車輛數是我的足足三倍。外表乾淨整潔，行為舉止給人社會經驗豐富的感覺。看他這樣子，我無法想像他跟整天窩在家打電動的我哥同年齡。

「平常要做什麼樣的工作呢？」

「呃——基本上無事可做喔。哎，希望你平常舉手投足就表現出身為責任課員的自覺，頂多也只能做到這個了吧。」

我聽了也沒什麼太大的共鳴，他於是有點尷尬地補充。

「還有，偶爾會有一些活動，課員得輪流為當地小朋友進行交通安全的說明。大約兩個月一次。」

我一下子就陷入了不安。大學專題討論課還得上台報告，不過在那之後我就再也不曾對著許多人講話了。我還記得自己天生的對人恐懼症曾經全面發威，留下我不願回想的回憶。

「因為有很多家長還是只接受人類擔任講師啊。在現今小學生的爸媽那一代，教育仍是屬於人類的工作。對我們這個歲數的人而言，學校裡本來就沒有老師，對吧？」

「還是有校長、學年主任喔。」

「對對對，伴隨責任的工作由人來做，這種趨勢在當時就成形了。我以前的學校也是那樣。」

前輩露出爽朗的笑容。

我想去東京找工作。我是在去年秋天找母親商量這件事的，我這樣對她說。

當然了，實際上的順序是相反的，其實我只是想在東京過活。因為我實在無法接受現在的生活：在鄉下領生活局的基本金，和母親、哥哥一起度日。不過隨意遷居者的基本金不會增加，要在高物價的東京生活是很困難的。正是因為如此，我才決定要找「工作」。

「我想要工作，這鄉下地方已經沒有工作了。」這會成為前往東京的必要條件，也會成為在東京生活的充分條件。東京勞工的基本薪資，比生活局提供的基本金還要高。因此我可以寄錢回家，還能實現媽媽許久之前就懷抱的夢想，那就是改裝老家。我搬出這套道理說服母親，展開求職活動。

不過實際開始找才發現，就連東京也幾乎沒有人類的工作。我提出了幾份申請書，考了幾次考試、接受幾次面試，最終錄用我的是東京都廳。公務員的話不太會裁員吧？

媽和我都這麼想，為此感到安心。之後我很快就會發現，這安心是源自非都會區居民的根本性誤會。

到了春天，我被分派到「東京都交通安全責任課」這個名字很朗朗上口的部門了。

「嗯，老實說，如今交通事故的發生率幾乎是零了。都內上一次發生交通事故已經是十幾年前的事。」

課長這麼說。不過令我驚訝的是，交通事故竟然還存在於世上。我們已靠農業技術克服歉收造成的糧食不足，用抗生素撲滅細菌造成的感染，而超時工作造成的過勞死，也透過勞動管理系統加以根絕、征服、驅逐、擊滅……我還以為「人類駕駛造成的交通事故」，也是被科學技術埋葬的人類過去的恐怖事物之一。

「儘管如此，我們還不曾迎來日本全國平安無事故的一年，很遺憾呢。因此你要作為都民的代表者，在負責的車輛發生事故時辭職。」

「意思是說，責任課是為了辭職而存在的公職就對了？」

「嗯，因為我們已經無法追究交通安全的技術面問題了呀。扛起責任，讓事故受害者得以接受事實，就是我們的工作。這是機器絕對辦不到的工作，你要對此自豪、全力應對才是。」

課長一臉正經地說。「喔。」我給了他一個沒幹勁的回應。

「人類還在開車的時候，交通安全的責任在駕駛身上。呃，那是理所當然的嘛。不過呢，當時有很多交通事故會牽扯到人命，憑個人扛不起責任，當時才有強制加入的汽車保險，市民共同分攤責任被設定成一種義務了啊。」

那是我在社會科課堂上學到的事。二十世紀末期，光是在日本，一年據說就有六千人死於交通事故。真是扯翻天的數字。就算當時人口多達一億，也還是很扯。

當時要由人類將車子控制在時速六十公里，不出意外才奇怪，而且法律竟然還認可這種做法，在我看來實在太不可思議了。課本的說明是，車子帶來的經濟效果超過事故帶來的損害，於是我說：「我無法理解金錢比人命優先是什麼狀況。」它則對我說：「價值觀是會隨著時代變動的。」

後來，自動駕駛開始普及，交通事故於是成反比下降，但是統計圖表上的曲線還是沒有觸及零軸。事故責任歸屬成為最大問題，人們一路爭到最高法院，而法院做出「製造商應負責」的判決。

漸漸地，製造業的自動化規模也不斷擴大，如今在任何一家國內汽車製造商也都找不到人類職員了。支付事故補償金時，變成每一個股東都會承擔一些損失，不過受害者並沒有可以怨恨的特定負責人。

就這樣，繞了一圈又一圈後，「負起責任」成為了自治體的工作。因應成立的就是東京都交通安全責任課，也就是我的職場。當然了，責任課完全無法涉入實際的汽車製程或駕駛控制機制，存在意義似乎就只是預備一個人類庫，讓他們「在出事時辭職」。總覺得我們做的事相當沒屁用呢。

「當然沒屁用啊。」

前輩很乾脆地說。

「沒屁用所以才重要呀。明明是做沒屁用的工作，卻會被妥善地視為勞工，領得到薪水。大家都希望我們辭職。所以啊，應交通事故辭職時，他們都會認為我們盡了責任。」

「為什麼做這件事的人，不會被當作製造商的員工呢。」

「歐美似乎就是那樣。不過江戶時代的公務員是武士，因此『負責任等於切腹』這種文化，格外切合日本人的基因吧。」

那天是我上工兩個月左右的日子，梅雨暫時止歇，天氣很好，因此我和前輩在都廳附近的咖啡店一起吃午餐。咖啡店是只有勞動者會來的高級店家。對我這個不久前還領生活局基本金度日的消費者來說，這裡的價位高到我簡直要跌下椅子了。

「在以前啊，負責任是由神來做的工作喔。」

前輩邊喝濃縮咖啡邊說。

「乾旱是老天爺害的，洪水是龍害的。自然界有一些人類無可奈何、毫無道理的狀況，而人類為了讓自己的精神熬過這些狀況，就準備了自然現象擬人化而成的神靈，將責任歸屬明確化呀。」

「那麼，在科學變得發達、大家不再相信神之後，那工作就由人類代班了，是嗎？」

「是啊。自然界中毫無道理的狀況，大多已被科學技術擺脫了，的確是這樣沒錯，不過死亡率就算掉到百分之一以下，對於碰上那百分之一的本人或家人來說，那就是百分之百的毫無道理啊。因此，無論在哪個時代，我們都會需要將毫無道理可言的責任砸到某個對象身上唷。」

東京都還有醫療衛生責任課，是專門為醫療系統錯誤導致的事故負起責任的部門。課員有一百個人以上，忙碌程度是所有責任課之最。不管技術再怎麼進步，人類最終都會死亡，而這個過程幾乎都會涉及醫學，少有例外。大多數人都會穿過相關設施和裡頭等待著我們的醫療系統群，逐漸邁向死亡。因此，人正面迎向「親近的人死去」這種沒道理的情形時，率先責難的就是醫療衛生責任課。

就這點而言，我被分派到的交通安全責任課算是都廳數一數二閒的部門。由於實在太閒了，作為一個獨立的「課」的地位岌岌可危。都議會每次審預算時，都會討論要不要將我們合併到都市公共建設責任課並裁減人力。不過年長者對於「交通事故」的恐懼仍根深蒂固，責任課的穩當存在，將會是維持都民精神穩定的重要關鍵——課長如此激昂地陳述，才好不容易保住了這個課。從這角度來思考，他說不定是很可靠的主管。

「責任課」雖然幾乎沒有像樣的工作，但偶爾會有一些小小的實務。其中之一是，有人申請活動或市民遊行時要進行交通管制。以前會是警員站出來揮舞交通管制的旗子，但如今只要事先進行系統登錄，車子就會自己避開那些路段。

我在前輩指導下，根據遊行申請書內容指定遊行範圍，輸入交通管制的開始和結束時間，完成系統登錄。數名課員會進行複查，取得課長許可後付諸實行。如果有什麼差錯的話，系統會提出警告，因此我想大家也不用檢查得那麼嚴格，不過責任課多得是時間。

那一天，消費者在都廳前舉行了示威遊行。俯瞰窗外下方，拿著五顏六色標語、一面演奏樂器一面緩步前進的都民便會映入眼簾。標語的內容有：「行政單位應擔保都民的勞動」、「還我人類工作」、「反對削減生活基本金」、「讓東京成為可以安心生活的地方」、「消解勞動者和消費者的階級差距」、「都知事應為用途不明款項負責，辭職下台」。

雖說是菜鳥，但我現在是個勞動者了。這樣的我，名副其實地從「高高在上」的角度看著他們，但終究看不清他們的主張是「想要工作」還是「想要錢」。他們領著生活局的基本金，因此有生活費可花，但勞動者和消費者的生活水準畢竟還是差滿多的，小孩受教育的選項也有限。因此呢，他們如果說「想要錢」我還能理解，但增加更多像「責任課」般一整天坐在都廳的職缺也於事無補吧？我心想。

這下子，我對自己的未來越來越不安了。我開始用都廳的網路連線裝置尋找徵人啟事，看能不能找到更有生產力的職位。不過呢，就算往民間企業找，情況也都相同。除了和都廳一樣的「引咎負責型工作」，還有櫃檯人員，以及怎麼看都是性產業相關的可疑工作。也就是有必要「身為人類」的工作。

「我想做創作相關的工作啊，要是有藝術才華或相關資格就好了。」

我找前輩商量。

「你不知道嗎？如今作曲和演奏也都是由自動系統包辦啊。聽眾如果得知歌曲是自動作曲的產物，會很嫌棄，因此會把它們一一掛到大學音樂系畢業生名下，以他們為檯面上的作曲家啊。」

結果他這麼說。

先不管我有沒有可以換的工作，首先上級似乎就是不喜歡職員主動從責任課離職。

員工不想放棄都廳職員這個地位的話，辭職時才會產生責任感，一個職場如果有很多主動離職的人，「負起責任辭職」的效力就會變弱。

聽到他們那樣說，我好像知道都廳為何會錄取我了。負責面試我的人事系統，八成看出我對「住在東京」有所執著。如此一來，我主動離職的可能性很低，責任課的形象便得以維持住。

不管怎麼說，我們可是在幫「神明大人」代班啊。要是隨隨便便變回人類，上頭會很困擾的。

從我住的公寓走十五分鐘就能到達都廳。剛上工那陣子，我會盡可能走路去上班，以保持身體健康，不過進入梅雨季後就改成搭車了。住鄉下的話，得事先用網路叫車，不過東京到處都有單人座空車跑來跑去，在公寓玄關舉個手，車子就會立刻停下。來到都廳前面後，刷晶片卡付費。

思考一下機率當然就會得到這結論：每四十台車，就有一台責任由我扛的車子。碰到這種車子，我會感到有點開心，而且會覺得它的車體比其他車子可愛。我會懷著比平常更多的愛意坐上座位，輸入目的地。

我原本只想在梅雨季搭車，可是呢，一旦習慣這舒適感後，在夏天過後的涼爽季節還是照樣搭車通勤。食欲之秋即將結束的那陣子，我已經把體重計塞到洗手台下方架子裡了。那種東西才不存在於世界上呢，我在心中堅信。

新舊年交替之際，爸媽不斷施壓要我「回去過年」，我都挺住了，而事情就發生在那之後的某一天。晨間新聞播報：「昨天晚上，東京出現睽違數十年的零下低溫。」我和往常一樣搭著開暖氣的車子上班，發現比我早到一些的課員騷動著，程度前所未見。

「怎麼了嗎？」我問。大家一致瞪大眼睛看著我。

「你直接去課長那裡問他吧。」

前輩這麼說，我就過去了。課長露出玄妙的表情。

「發生事故了。」

他說。

事故內容如下：睽違數十年的低溫使路面結凍，車子的煞車制動距離大幅拉長。即使如此，汽車系統仍預測安全無虞，減速駕駛。然而，有小孩子在結冰的路面滑行玩耍，從十字路口衝了出來。車子緊急煞車，導致後方騎腳踏車的國中生來不及停住，撞了上去。他跌倒後受了擦傷和挫傷。而那輛車的車牌號碼，在我負責工作的責任範圍內。

當天下午，受害國中生的父親闖入都廳，在課長面前針對東京都道路行政的怠慢罵了一輪後，課長搬出「我們會對汽車生產系統進行徹底的規制」之類的固定格式的回饋。接著我發表了一番談話，大意是：「我會負起責任辭職。」受害者父親就露出服氣的表情，回家去了。

隔天，新聞也報導了這起事故。原因是，那條路的視野明明不好卻沒有裝監視器。如果有監視器，接收到的情報就能分享給車子，它應該就能在事前察覺路口有小孩。都內某報紙做出以上指責。這篇指責文也是自動生成的，煽動都民怒火的修辭完美地嵌在短短的篇幅內。

「這樣說太過分了，當初不就是這家報紙擔憂行政單位過度監視都民嗎？」

我從未看過前輩這麼生氣的樣子。不過對我來說根本都沒差，對自動生成的文章發火是沒用的。

總之呢，辭掉責任課的工作之後，我光是住在東京也付不起房租，政府於是決定要將我強制遣返老家。當然了，辭職是我的工作內容，為了這天我已領了將近一年的薪水。也只能接受這結局了。

不過仔細想想，我注意到一些無法接受的地方。根據課長最初的說明，事故發生率明明接近零，而且工作第一年、手上車輛數目極少的我，竟然比工作五年的前輩還早辭職負責，這令我難以接受。

我決定了，我要別人為我遭逢的荒謬狀況負責。我搭都廳的電梯上樓，敲了「雇用人事責任課」的門。東京原本就幾乎沒有勞動者，因此雇用人事責任課據說擠下了交通安全責任課，榮登「全都廳最閒」的部門。我來給他們事情做吧。

創造天地以及責任

起初，神創造天地。祂創造了植物、動物，以及最初的人類。男人叫亞當，女人叫夏娃，他們居住的地方叫伊甸園。

亞當和夏娃裸身露體，但當時沒有任何動物穿著衣服，因此他們並不會感到羞恥。更要緊的問題是眼下的空腹狀態。上一刻才被創造出來的兩個原始人，並沒有連同胃袋內容物一同被創造出來，因此他們像猴子一般吱吱叫，雙手擺動，唾液四濺，要求創造他們的神提供食物。

神對亞當夏娃說：

「你們可以隨心所欲地摘下任何一棵樹上的果實來吃，只有智慧之樹的果實除外。」

兩人遵照神的吩咐四處摘樹上果實來吃，摘了又摘，吃了又吃，轉眼間就吃光周圍的果實，眼前只剩一顆智慧之果。神好像說那是不能吃的果實，但剛誕生的兩個人腦袋還不清楚，不知滿足的肚子充斥著貪欲。

摘下智慧之果的兩人面面相覷，表情困惑地等待彼此的下一步行動。不久，樹叢中冒出一條蛇。

「唷，你們是人類吧，在猶豫該不該吃那顆果實嗎？智慧之果很好吃喔，吃了就會變得跟神一樣聰明喔。」

兩人彷彿因為這番話鬆懈了下來，咬住智慧之果，開始貪婪地吸吮果肉。果實裡有特別大的種子，他們將它吐掉，扔到石頭上。

智慧之果的果汁滲入五臟六腑後，兩人注意到彼此的裸體了。他們慌慌張張地拿無花果葉遮掩身體，將人類第一條內褲纏到腰上，這時才終於想到自己打破神的禁令，害怕會受罰。

一會兒過後，神出現了，他向兩人宣告：「你們違背了我的囑咐，吃下智慧之果。我不得不懲罰你們。」

然而，全身上下已盈滿智慧的亞當向神提出反論。

「請等一下，神啊。為什麼我們要受罰呢？吃下智慧之果前，我們無比蒙昧，連衣服是什麼都不知道。缺乏智慧、跟野獸沒兩樣的我們，就算沒能遵守您的囑咐，也沒道理要受罰吧？」

夏娃也如此回應。

「亞當說得沒錯。神當初只要給我們足夠的智慧，使我們懂得遵守您的囑咐就沒事了。不給我們智慧卻懲罰我們的不智之舉，就像是不給我們衣服卻定我們的猥褻罪啊。」

神沒想到受造物會這樣反駁祂，吃了一驚，如此回答：

「有道理。那麼，你們免罪。我要改罰唆使你們的蛇，非罰不可。」

神立刻找出蛇，揪住他的身體說：

「蛇啊，你必須為自己的所作所為受罰。你將爬行在地、吞食塵土，成為所有野獸當中最受詛咒的一種。」

然而，蛇是伊甸園中最狡猾的生物，一被究責就立刻回話了，彷彿早已準備好回答。

「噢，偉大的神啊！小的確實慫恿人類吃下智慧之果，然而我要誠惶誠恐地說，我本身也是全能的您所創造出來的，我會想那麼做，應該是因為您把我創造成會想那麼做的生物吧。為什麼會變成是我違反您的意旨呢？如果那是不能吃的果實，一開始就把樹種到人類看不到的地方就好了呀。如果是神，應該做得到吧。」

神聽完這番話，哀嘆自己的行徑，然後說：

「你說得沒錯。那麼在這世界上，到底誰有能力扛起罪惡的責任呢？要罰不就只能罰我自己了嗎？」

神決定懲罰自己。於是，神就這麼死了。

失去管理者的樂園，轉眼間化為一片荒蕪。寒風肆虐，兩人冷到發抖。亞當蒐集枯木生火，夏娃將火種留在餘燼中。就這樣，人獲得了令光在世上顯現的能力，就像過去的神那樣。

不久後，亞當和夏娃生下兩個兒子，該隱和亞伯。兩個兒子繼承了雙親的智慧，天生就有人類的智慧，成長過程中對以往那個神存在的世界一無所知。

兩人成年後，糧食不足問題變得很嚴重。該隱種樹，打造出人類第一座果園，弟弟亞伯圈養羊隻，成為人類第一個牧場主人。

那年秋天，兩人將最初的成果獻給雙親，但亞當和夏娃看到該隱的果實，說不出話來。他從果園帶來的果實，是神曾經告誡他們不可食用的智慧之果。該隱不知此事，撿起雙親吐出的種子，栽培出這些果實。

亞當和夏娃想起如今已亡歿的神對他們的告誡，避吃果實，只吃羊肉。看見這一幕的該隱對亞伯升起嫉妒之情，帶他到野外殺死。

亞當和夏娃大吃一驚，找出該隱，將他綁在樹上，質問他為何殺死弟弟。結果該隱回答：

「都是你們不愛我，只愛該隱。你們要是愛我的話，就不會發生這種事了。該隱之死，罪在你們。」

亞當和夏娃聽了之後大感困惑。他們兩人已經得到了智慧，有能力遵守「不許吃智慧之果」這個神之告誡。因此，打破這戒律應該是不會被容許的。然而，該隱卻把雙親不接受自己的果實這件事，解讀成他們不愛自己。

「喔，神啊，我們該怎麼辦呢？」

亞當向天上祈禱，然而神已經不在那裡了，只有另一個受造物——太陽，在那裡散發萬丈光芒。作為第一因的神，已經死了。

這對父母一直思考到天都黑了，卻還是無法做出判斷，躲進了茂密草木的深處。該隱仍被綁在原地，一條年老的蛇來到他身邊，這麼說：

「唷，情況變得很令人頭疼呢。神並沒有賦予你雙親負責任的能力，因此現在啊，這個世界上沒有任何人能夠為罪孽負責。」

該隱以為自己是餓肚子才看到幻覺，但蛇繼續說了下去：

「你們人類，透過智慧之果獲得了和神同等的智慧。因此你們兄弟獲得了神一般的能力——也就是透過耕種、畜牧的形式，創造生命。不過呢，要在沒有神的世界活下去，光有智慧是不夠的。」

「蛇啊，我該怎麼辦呢？」

「他們用來綁你的這棵樹，剛好會結責任之果。你試著蹲馬步、一股作氣搖晃它看看。」

該隱使勁全力搖動樹幹，一顆果實便掉到他頭上。該隱從未見過這種果實，但他用腳提起它，吃了下去。於是，該隱的身上出現了印記。那是該隱所犯之罪的印記。

伊甸園的太陽升起，亞當和夏娃甦醒時，鬆開繩子的該隱就站在他們眼前，這麼說：

「吾父亞當啊，吾母夏娃啊，我現在要為殺死弟弟亞伯一事懲罰自己。往後我要離開伊甸園，獨自活下去。」

獲得罪惡印記的該隱決定判處自己流放之刑，一如過去的神處罰自己那樣。那是他雙親沒能獲得的「負責任的能力」。

事情就這麼定了，該隱與其子孫獲得了智慧和負責任的能力，在荒廢的伊甸園外生活下去。在神已死的近代社會，人若沒有這些能力，是無法處世的。

回到家時，妻子一定會
假裝自己是人類

「之前我爸媽來我們家，然後呀……」

即將下班前，同事唐突地對我開口。

「我太太拚了命煮了一頓和食喔，令人想吐槽『妳是料理職人喔？』的那種。熬個高湯還從刨柴魚片開始耶。就算是現在的日本人，熬高湯也只會用高湯粉啊，而且我爸媽也說不用那麼費工。」

「你太太這樣很棒，不是嗎？」

我回答，而他露出有點開心的表情。

「棒是棒，我還是很擔心她啊。她太想表現得像『日本人的妻子』了，做得太過火了呀。可以再自然一點嘛。」

「會不會是對她而言那樣才自然？你想想，印度並沒有咖哩粉，家家戶戶都有獨門的香料調配比例呀，聽說是這樣的嘛。」

「我太太是泰國人喔。」

「不是啦，我的意思是，他們的文化可能是那樣啊。」

我這麼說，而他回答「不知道耶」，然後陷入沉思。

他和泰國人結婚時我有點意外，不過他太太日語說得很好，化妝也刻意模仿日本人，不跟我說的話我簡直不會知道她是泰國人。

「也許啊，我爸媽沒那麼在意我太太哪裡不對勁，還是對於孫子是半個泰國人這點比較在意。」

「那也沒辦法吧。」

「哎，也不能怎樣啊。」

我同事回答。他的女兒現在三歲，我只看過照片，不過她的五官深邃，遺傳了母親的東南亞人風貌。

「你們有小孩嗎？」

「還沒生。」

「有打算生嗎？」

「想要是想要，但我怎麼想都覺得生小孩那一方的負擔比較大，不太想強迫她接受我的意見呢。」

「哎，說得也是啦，那不是男人該多嘴的事。」

說得對，那並不是男人該多嘴的事。

工作結束後，我回到公寓。從外頭看得到我的房間，窗簾是拉上的，房間沒亮。

電梯升上五樓。

「我回來了。抱歉啊，今天有點晚。」

我說，並開門。裡頭一片黑暗，不過法式清湯的味道一路飄到玄關來。

「你回來啦，晚餐煮好囉。」

妻子的聲音傳來。我進入餐廳兼廚房，發現妻子正在用雙耳鍋燉煮著某樣菜。鍋子底下是公寓附的ＩＨ調理爐，只有火力指示燈亮著。

「欸，煮飯時開燈比較好喔。」

我邊說邊打開廚房電燈，雙耳鍋裡似乎煮著奶油燉菜。

「咦？」

「因為室內很暗就會看不到自己的手，菜刀會切到手指頭。而且小偷可能會以為沒人在家就闖進來，很危險的啊。」

「……對喔。對不起，我忘了。」

妻子露出很抱歉的表情，稍微指了一下客廳那邊。啪滋，電流聲傳來，客廳的日光燈就這麼亮起來了。看來妻子連開電燈時必須按開關都忘記了。

妻子切菜切到手指，是一個月前的事。

她在超市買了一根五十八日圓的胡蘿蔔，切菜時，似乎把按住食材的食指也誤以為是蘿蔔的一部分，毫不猶豫地「唰」一聲切下去。

切斷的指頭像香腸般滾呀滾，滾動於砧板上。完全沒有出血，連斷面都是完美的膚色。

妻子用廚房紙巾包起斷掉的指頭，當它是碎菜末般扔到可燃垃圾袋內，之後瞄了我一眼。那時我盯著餐桌上的筆電，同時以眼角目睹了事情的始末，不過我什麼也沒說，繼續假裝在工作。

我們一起吃著芝麻醬拌胡蘿蔔的期間，妻子一直把左手放在桌子下面，只用右手吃飯。我覺得那樣有點不禮貌，但我什麼也沒說。

隔天早上醒來，妻子的左手又有五根手指頭了，齊全得很。

我就像往常一樣穿著睡衣吃完早餐，站了起來。

「今天是禮拜四吧，我去倒垃圾喔。」

我掀開可燃垃圾箱的蓋子，發現裡頭已經空了。

「我剛剛已經倒了。」

「這樣啊，謝謝。」

我說完，從櫥櫃裡拿出本市指定可燃垃圾袋，塞到塑膠垃圾箱內。我們兩個人都還穿著睡衣，因此妻子理應還沒去過外頭的垃圾集中場。

我們是會吃著睡衣吃早餐的邋遢夫婦沒錯，但以那模樣出去倒垃圾實在是有點太缺乏常識了。不，只是這種程度的沒常識倒還行，她搞不好連「出去倒垃圾時一定要帶著垃圾袋」的常識都沒有。

妻子以自己的方法努力表現得像人類，但偶爾就是會有這些瑕疵。大概是因為太過理所當然、不會浮現到我意識表層的事情，妻子都無法認知到吧。

由我來說也是有點那個啦，但妻子真的是個美人。

我認為她比常見的藝人都還漂亮，甚至覺得，一介上班族娶這麼漂亮的太太好嗎？不過結婚時，她應該沒有美得這麼過頭才是。

一直生活在一起，對這種事情不會很清楚，不過我偶爾在臉書之類的地方看結婚典禮的照片時，會覺得她的長相似乎差滿多的。不是氣氛有這樣或那樣的不同，而似乎有打從骨骼產生的變化，總覺得是這樣。

當然了，來家裡拜訪的朋友們也都注意到這變化了。

「你太太是不是比上次看到的時候更美了啊？」

他們會說這類的話。我對此也非常不安，不過他們接著又會說：

「看來夫妻生活很順利啊。」

然後笑咪咪地拍我的背。我不安的原因是，她的臉似乎漸漸變成平常在家收看的電視連續劇女演員的平均值了。

「太太那麼美，應該很辛苦吧。」

也有人這麼說。

「會在街上被搭訕、挖角之類的吧。發生過這種事嗎？」

「呃，是有啦。」

我會這樣隨便搪塞過去。

那原本大概是搭訕的場面吧，我想。在永旺夢樂城的美食廣場，三個髮色格外誇張的男人纏著她。我在書店買完書回來時，隔著柱子看到妻子向男人們攤開掌心，他們於是露出記憶受到操縱般的表情，對妻子失去興趣，各走各的路去了。

將奶油燉菜裝盤，放到餐桌上。青花菜、蘿蔔、洋蔥、香腸、鴻禧菇，食材一字排開，作為兩個人的晚餐，簡直令人覺得豐盛過頭了。切幾片法國麵包，從冰箱拿出奶油，放到餐桌中央。

「開動了。」

我們兩人都合掌。不管妻子的真面目到底是什麼，我都不會想要冷冰冰地否定這麼幹練地試圖化身為人類的她。

不過，最令我不安的是，我完全想不起自己是如何和她認識、又是如何結婚的。

「啊，對了。」

妻子停下吃燉菜的手。

「我有小孩了，聽說下禮拜會出生。」

她語氣平淡地說完，又開始動湯匙了。妻子的肚子完全沒有變大，感覺比剛結婚時還瘦。這大概是因為電視或雜誌上出現的女性都很瘦。

「呃……」

我猶豫了一下，然後說：

「名字要取什麼呢？會是男生還是女生呢？」

我盡可能維持平靜的表情。

「又還沒出生，怎麼可能知道啊。」

妻子笑了。

「也是啦。」

我也笑了。是男是女都好，但願他是我理解範圍內的存在啊，我心想。

我討厭洋蔥

我討厭洋蔥。

只要我談起這件事，就會有神經大條的傢伙問我：「討厭味道？還是口感？」「討厭加熱過的？還是生的？」化約主義者蠢就蠢在面對任何事物都會想要加以分解成分、藉此解決問題，但我討厭的是洋蔥整體，不是它內含的個別成分。

硬要說的話，我看不慣的是世界對待洋蔥的方式。

和食也好、洋食也好，快餐店也好、高級餐廳也好，不管你在這些地方點什麼菜，洋蔥都會毫無預警地出現在裡頭。漢堡、炸串、牛丼、牛排都會加。

似乎是因為「洋蔥和肉很搭」成為了既定認知。我完全無法理解，但世人似乎這麼想。

我喜歡肉，討厭洋蔥。肉和洋蔥很搭這件事對我而言，就像仰慕的女子和我全世界最討厭的男人結婚，光是這事實存在就足以令我憎恨世界。

為什麼世界如此容忍洋蔥呢？

有非常多飲食店會在菜單上寫警語，警告某料理使用了大蒜或辣椒，對吧。也會標明可能引起雞蛋或牛奶過敏。「對於不能吃的人的體貼」，存在於這些食品之中。從這角度切入的話，洋蔥的情形是這樣的：你盯著照片一看再看，確認上頭沒有可恨的弦月狀物體，安心點菜，結果發現肉裡混著洋蔥末之類的。

這事實使我頓悟了。世界喜愛洋蔥，而討厭洋蔥的我不被世界所愛。

於是呢，三度報考航空宇宙大學都落榜後，我成了自由接案的「拾星人」。做這工作得遊走在星系間，造訪一顆顆多如繁星的小天體、撿拾資源。如果能發現含有超稀少元素的小石子，哪怕只有一顆，就夠一輩子不愁吃穿了。

不過這份工作本身很危險，就算順利發現寶藏之星也可能發生同伴互相殘殺之類的情形。順利返回出發地後，接著又發生分配糾紛等等的，一年都會有好幾個同業下落不明。警察在星系間領域也發揮不了像樣的機能。對於不被世界所愛之人來說，這是再適合不過的地下攢錢方法。

在宇宙到處亂晃一年、撿星星，之後回到地上，在重力下重心鍛鍊鈍化的身體——這循環我持續了三次左右。飯菜以紙盒包裝內的流質食物為主，只要先看一下成分表就可以免於被洋蔥突襲。

「好奇怪喔～」

我的搭擋史蒂夫說。太空船的螢幕上顯示著二千五百公里外的飄浮小天體SNC—0041Ω的觀測資料。

「那顆星星那麼小，怎麼會圓得那麼工整啊？沒道理啊～星球是因為有重力才會圓圓的啊。」

它只是直徑十公里左右的小天體，形狀卻接近正球體。只有一個地方像手指捏出來的小突起，尖端有個火山口般的洞穴。洞內很暗，看不見裡頭有什麼。不過這種尺寸的天體不可能有火山活動啊。

「也就是說，它是人工物嗎？那樣就太大了吧。不可能有這麼大的未登錄船啦。」

「不是啦，小俊～這是宇宙生物啦～看這形狀，一定是宇宙洋蔥啊～」

一聽到洋蔥，我火氣就上來了。彷彿船外活動用頭盔的內部，已經充滿那討厭的氣味。

史蒂夫號稱自己原本是宇宙生命科學會的會員，由於研究成果太過嶄新才被除籍。保險起見，我調查了一下，發現他根本沒有待過學會的記錄。他是說謊成性還是被宇宙射線燒壞腦袋呢？我估算的比例是前者三、後者七。

我們這次鎖定洋蔥星（暫名）是因為它顯示出古怪的運動性。星系間領域幾乎沒有重力，它卻像喝醉的老頭般竄來竄去。看來是因為火山口（暫名）的部分不規則地在噴發氣體。

「厚度一公里左右的板塊構造一層層相疊呢～果然是洋蔥啊～」

「有沒有值錢的地層啊？」

「完全沒有耶～它只是顆小石頭喔～啊，訊號無法抵達的內側搞不好有什麼東西咧～」

「洋蔥裡面什麼也沒有吧。」

「要是正中央有種子就好了，像桃子那樣。」

他一說桃子，我就想起祖國的古代故事：河裡浮浮沉沉漂來的桃子裡有個小孩。後來發生了各種事，最終他得到了財寶。

「還是挖挖看再說，登陸吧。」

「好喔～」

史蒂夫說完，駕著我們的船逼近洋蔥，然後以接近零的相對速度降落到表面上。這是宇宙軍私賣的太空船，沒有像樣的駕駛裝置，但我不管看幾次都覺得史蒂夫的技術了得。我專門負責操縱掘星重機，因此著陸前的工作都交給史蒂夫。

「轉動曲柄！」我對著太空衣內的麥克風大喊：「不是那根操縱桿啦，呆子。你也差不多該記住了吧。」

「我不懂重機呀～我原本可是學者耶？別管那個了，增加人手才要緊啦，人手～」

史蒂夫鬼叫，但我無視他。這種地下行業的作業人數就該少，這是原則。隊員從兩人增加到三人的話，鬧出糾紛的可能性會一下子提高很多。

「小俊，不要從側面挖，直接進入火山口比較輕鬆吧～？」

「那樣很噁心，所以我不想。」

我拒絕他的提案。我不想讓我的重機接觸洋蔥噴出的謎樣氣體。外側是岩石，所以我還沒那麼抗拒。我挖掘層狀構造，喀哩喀哩喀哩，接著突然挖進了柔軟的地層。我原本以為是地層中滲水，但裡頭似乎是含有有機物，而且是固態物，亂七八糟地混在一起。

我打開燈，啟動攝影機。

「喂，有人手囉。」

我說。從有機物層取出的東西像發酵食品般牽著絲、黏呼呼的，不過怎麼看都是人類的手，有五根手指。

「是喔——採得到基因嗎～？」

「剛剛採了，你幫我比對一下檔案庫。」

「有登錄在公會系統裡喔～那是三年前就失聯的喬瑟夫小弟的手呢～」

「被吃掉了嗎？星星吃的？」

「小俊要是從火山口進去的話搞不好也會有不妙的下場呢～」

「你這混蛋明明就提議我走那邊。」

我大致確認了一下，有機物的核心並沒有值錢的資源，於是連忙將重機從內部拉上來，回到太空船。我仔細確認太空衣上有沒有沾染洋蔥臭味。

「似乎是分解跑進火山口的生物，然後噴出氣體來讓自己運動呢～洋蔥和肉果然很搭耶～」

「吵死了，我們要趕快去找下一顆星星了。」

「這果然是宇宙生物啊～好想在學會發表啊～雖然已經被他們趕走了呢～」

史蒂夫的語氣似乎很開心。我無視他，用洗淨氣體清洗自己的太空服。這傢伙到底是自然物、人造物還是宇宙生物，都無所謂。我果然就是討厭洋蔥。

Lunatic on the Hill

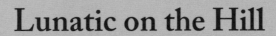

我坐在月球表面的小丘上，什麼也不做，光看著地球旋轉。垂到印度洋上空、牛奶般的白雲維持著漩渦狀，像明膠般動也不動。不過地表附近颳著暴風，該行星的居民似乎稱為氣旋。

空氣湧過來還抱怨。

真奢侈啊。

太空衣的袖子上有個顯示器，指出氧氣筒內氣體殘量只剩十一個小時。載滿交班人員的補給車在後方約兩公里處遭到敵方砲彈直接命中，化為鋁金屬碎屑，埋進月塵之中。下一波補給如果沒在我上空的印度洋變成南美大陸前抵達，這個月丘據點就會多出兩具窒息倒地的士兵屍體。

「氧氣不足會看到幻覺，或發瘋之類的。」月軍的戰友經常這麼說，但那到底是生化學作用還是心因性產物，仍需要驗證。就算氧氣筒一切正常、只有殘量顯示故障，似乎也會令人看到幻覺。

我向下移動視線，平原上展開的戰鬥場面清楚映入眼簾。

月球表面沒有空氣阻力，因此砲彈和人飛走的時候都會畫出完美的拋物線。遠遠看，那些動作並不帶有速度感，都莫名地傻氣。彷彿在看喜劇的其中一幕。一翻頁大家都會毫髮無傷地復活那種。

當然了，現實中的士兵確實會死。現在飛舞在空中的似乎是敵軍。螢幕上的戰況判斷系統顯示「97」這個數字。

「阿基米德如果在月球出生的話，應該會看出四大元素這種幻想沒搞頭，迅速發現力學法則吧。地球有大氣層，科學發展才變得遲緩。」

我的戰友彼得以頂天立地的姿態站在我身旁，對我這麼說。

「彼得，你大概是想說亞里斯多德吧。」

「對，這種人名，我經常搞錯。」

在月球表面上，要和站在身旁的士兵說話也得用上電波。通訊用的頭盔話機都刻意調整了音質，好降低詞語辨識的難度。因此彼得的聲音隱約有種機械感。

「如果是那樣，地動說又會怎樣呢？」

「哎，他一下就會發現月亮不是平的，而是圓的。因為只要稍微移動一下，眼前地球的高度就會產生變化呀。不過一時之間無法注意到月亮繞行著太陽吧。」

彼得快速回答，彷彿反射動作。他腦袋的轉速比一般人快一倍，拿這顆腦袋思考的事情大多和士兵的職務無關。

「你說的，呃，沒錯啦。」

我點點頭。

從這角度去想，我們可說哥白尼當初的立場相當有利。我指的是在地球出生。偉大的發現大多和個人資質沒那麼有關，環境問題才要緊。

在地球看到的夜空中的星星們，包含太陽與月亮在內，全部往同一個方向移動。只要多少懷著謙虛之心仰望夜空，應該就會注意到移動的不是星星，而是地面。

然而，月球居民就沒辦法了。月球上所見最大的星星是地球，無論何時看它，它都浮在黑色天空的同一位置，轉呀轉地自轉，緩慢地盈缺。

如此一來，任何人都會在心中勾勒一個不自然的天空世界吧：「我們居住的月球總是以同一面面向地球，並旋轉著。」認定這兩顆星星靜止在宇宙中心、太陽或其他星星繞著它們轉，才是最具現實性的。若不是世界觀極為欠缺自尊心的人，根本無法想到月球繞著地球轉、地球繞著太陽轉這種狀況。

說出這種話的人，下場會比開除教籍還淒慘吧。也許會被塞一支氧氣瓶，然後被趕出地下居住坑。被扔到月球表面的異端者，只能看著一動也不動的地球和不斷移動的星空，任時間一分一秒流逝，等待氧氣耗盡。剛好和我們現在的際遇相同。

平原的沙子飛濺起來，又有士兵畫出拋物線。

那也是敵軍。

螢幕上的數字又減少了，變成「96」。那個數值叫「推定戰局殘存指數」，數字越小，戰局就越是會往有利己方的方向發展。

名稱很溫吞，不過意思很簡單：敵軍只要再死九十六人就會撤退。我們的戰況判斷系統如此推斷。

雖然是推測值，但幾乎可以肯定是正確的，不會出錯。因為敵人也使用同樣的系統。

高度發達的人工智能都大同小異，因此敵我之間並沒有見解的差別。所以呢，沒必要揣測對方的心理，直接運用己方的判斷就行了。這兩組敵對人馬比任何生活圓滿的夫妻還要了解彼此。

太陽形影模糊地浮現在西方天空，不斷炙烤著沒有空氣的戰場。

距離太陽下山還有八十三小時。

夜晚來臨後，溫度會一口氣往下掉。這樣就無法戰鬥了，所以得在那之前定勝負，敵我雙方都這麼想。了解彼此到這種地步，卻無法各退一步。

我們兩個人更擔心空氣殘量而非夜晚來臨，應該要更慌亂一點才對。然而，眼下除了從小丘遠望戰況之外，沒有我們能做的事。

只有小指大的士兵們在隕石坑內小家子氣地跑來跑去。我雖然知道「遠近法」這個詞彙，但從這個距離看士兵們實在很難相信他們的大小跟人類一樣。他們看起來就像自動玩具。

閉上一隻眼睛，伸長手，在面前搓弄拇指和中指，壓爛視野內的敵軍。

啪喳，啪喳。

可以的話，我不想殺人，也不想被殺。對方也一樣。這麼一來，零殺害零陣亡才是最佳解，但這樣就分不出勝負了。因此只能實際朝彼此開槍，實際進行戰鬥了。

為了讓彼此了解戰爭的不合理，就只能戰爭了。

「死了那麼多人啊。打住吧，撤退啦。」

為了讓敵方的腦袋裡產生這種感情，我們還得再打爛幾顆敵方的腦袋呢？

啪喳，啪喳。

CP值真差。

服氣感的換算率高得很不當。

那種傢伙，讓他們吃個藥吧，我心想。

讓首相猜個拳，然後餵輸家「心甘情願認輸劑」就好了。這樣比實際叫士兵廝殺來得和平多了不是嗎？該死。

啪。

我的視野突然一片空白，頭盔話機傳來電磁雜訊的沙沙聲。地球、月球地形、隕石坑內的士兵，一切的一切都被閃光塗白了。埋在小丘內的雷射引爆了敵軍射來的砲彈。

「嚇死我了。」

彼得發出機械感十足的呢喃。

「會折壽呢。」

「希望他們擊發對砲彈雷射時可以先知會一下。」

「就算說了，腦部也要花〇・四秒才能理解呀。這是不容小覷的時間耗損。」

我話說完，彼得就踢了腳邊的小石子，似乎嫌這狀況很麻煩。

砲彈飛來時會畫出一條拋物線，要預測軌道很容易。自動瞄準雷射瞬間移動砲身，發射出筒中累積的能量。

砲彈沐浴在巨大光子塊中，產生氣化，極速膨脹，沒裝火藥也還是會爆炸。超越逃逸速度[1]的碎片會飛向宇宙，沒能超越的則會掉到地面上。砲彈的原料是月塵，因此用地球的話來說就是「碎片會妥善地回歸塵土」。

與我們敵對的地球人，不會從地球帶砲彈過來。

---

1 逃逸速度：擺脫一重力場的引力束縛，飛離那重力場所需的最低速率。

沒道理從那個重力地獄特地搬運質量彈過來，那種東西除了重之外一無是處。因此他們會在現場張羅。先遣部隊在隕石坑內確立據點，挖沙、弄圓、加熱固定，在用投石機彈射凝固的砲彈。

只要能攻下那個據點，我們就能取得一時的勝利。因此我方也採取類似的做法來凝固沙子、發射砲彈。

挖掘、凝固、發射。

挖掘、凝固、發射。

頗為原始的做法。

地球上似乎稱這種戰爭為打雪仗。

用雷射很浪費電，因此我們會用感應器判讀砲彈軌道，然後只灼燒那些打得中我們的砲彈。事實上有大量砲彈「咻咻咻」地飛來飛去，但我們的眼睛只會映入可視光，對那以外的狀況一概不知。當砲彈被光團擊中、撒下殘暴的熱度時，你才總算會得知它原來在那。

拋射，判讀軌道，灼燒。

拋射，判讀軌道，灼燒。

當然了，光是這樣會沒完沒了。我們的雷射砲是不知疲累為物的自動機械。於是，敵軍便從地球帶了一些文明的東西過來。

那是司令部稱為「活砲彈」的東西，是在砲彈裡埋入火箭燃料而成的。外觀上跟其他砲彈沒什麼差別。地球人會將它偽裝成走死路的砲彈，刻意射偏軌道。砲彈透過內建的陀螺儀認知自己的位置和角度，抓準時機噴射推進，朝目標物飛去。

我們的雷射砲也知道對方有那種技術，因此會偵測出噴射彈的紅外線，立刻將它擊落。

如此一來，對方便會加熱砲彈、射出會散發紅外線的砲彈，好讓我們做出無謂的攻擊。我們則會偵測紅外線頻率進行辨別。

敵方、我方都會預測彼此的預測，然後設法出奇不意，結果立刻就落入納許均衡[2]之中，使戰況陷入膠著。他們無法踏入我們的居住坑，但援兵一波接著一波來，我們也無法徹底驅走他們。

地球人要是帶同樣的雷射砲來，我們恐怕會戰敗。但截至目前為止，還沒有那樣的跡象。這玩意兒消耗能量的程度簡直像在開玩笑，若不把它埋進月球表面，讓它直接連

---

2 納許均衡：賽局理論中的概念。如果某一組策略呈現納許均衡，任何一個參賽者單獨改變自己的策略並不會使自己的報酬提高。

接氦核融合爐，根本就無法使用。這不是可以搬過來使用的武器。

雷射砲如果被地球人奪走，我們會很頭大，不過在這方面也有萬全的準備。核融合爐周到地設定了自爆用程式，因此這座小丘假如被地球人占據，我們的司令部應該會在敵方對動力出手前透過遠距操作炸飛這整的地方。

因此，地球人目前還沒有決勝招數。

他們頂多只能期待長期戰導致月球人升起厭戰之情。月球的物資原本有一半自地球輸入，但現在已經完全停擺了。生產部門發起緊急狀態下的節省運動，但這陣子在商店裡還是完全看不到肉類和乳製品的蹤影。遲早必需品也會匱乏，月球政府恐怕會從內部崩潰。

我們無法期待這種事反過來發生在地球人身上。生產力實在相差太多了。八成有半數的地球人，連他們頭上有戰爭開打都不知道。

因此我們只能盡量多殺一點地球人。他們只會為一個理由放棄，那就是「死者太多了，這樣划不來」。

啪。

我的視野化為白茫茫的一片，又有一顆砲彈消失了。彼得的肩膀只稍稍抖了一下。

地球人再怎麼對投石機投注創意，有件事都會是確定不變的。

具有質量的砲彈，速度比雷射慢。

這點有偉大的愛因斯坦打包票，因此可信。在這個時間、空間、正義、邪惡、恨、愛、阿貓阿狗都具備相對性的宇宙，唯一可信的就是光速。

發射雷射的砲身不怎麼值得信賴。感應器要是蒙塵，有時會無法啟動自動瞄準。因此我和彼得才會在這裡待命。我和彼得也不怎麼值得信賴，但我們想不到其他備案。

氧氣瓶還能再撐十小時。

十小時的話，還能睡個一覺。布署兩個人是為了輪流睡眠，但彼得完全沒有睡意的樣子。這傢伙在受訓時也沒什麼小睡，不太去廁所。與其說強悍，不如說他帶有人味的那些生理現象似乎沒在正常運作。而我呢，已經連續醒著二十二小時了，也差不多該產生健康的睡意了。

反正都要缺氧而死了，真想在睡著的期間死去。但這點也無法如願達成。氧氣殘餘時間剩三十分鐘時，警報會響起，向我稟報這個危險狀況。特地把快死的人挖起來，折磨他。這件月面太空衣就是有如此虐待狂式的便利機能。

狀況還沒絕望到一個地步，我還沒產生事先弄破鼓膜的想法。下一班補給車也許會順利抵達，交戰本身也可能停歇。要是在我睡著的期間大大小小的狀況都自己完美地解決該有多好。

在月球出生、長大的我們，擁有的基因組跟祖先們在地球培育出來的沒兩樣，因此每二十四小時就得乖乖睡上一覺。地下居住坑的整體照明也會以二十四小時為週期逐漸暗去。

如果月球人遺忘歷史，不記得自己過去來自地球，就會無法了解自己為何以二十四小時為睡眠週期吧。愛現的科學家也許會盯上地球的自轉週期，率先表示：是那顆藍色星球的放射線引發我們的睡意。就像以前的地球人用月亮的盈缺來解釋月經週期那樣。

不巧的是，我們仍清楚記得自己的起源，記得那段歷史。

正因為如此，我們才擁有身為月球的驕傲和認同等等的，才不得不賭上性命和想要入侵我們的地球人打仗。

●

小時候，我很怕地球。

或者說，首先我就很怕到月球表面去。我不在意放射線、微小隕石之類的實際危險，反而是往上看沒有天花板這點令我毛骨悚然。灰色的地面，以及漆黑的天空，還有巨大藍色眼珠般的地球骨碌骨碌地盯著我看，誰受得了啊。

盯著我看，並不是比喻，實際上，地球的偵察衛星一直監視著我們，而我們也將數量相近的觀察機派到地球去。月球居住坑分散各地，如果不將身體暴露在那大眼瞪小眼的視線中，就無法在坑與坑之間移動。

爸媽經常讓我坐上月面巴士，移動到一百公里外的居住坑見爺爺奶奶。

我喜歡爺爺奶奶，也喜歡推進器噴火、使月塵四濺的月面巴士，甚至還買了模型。然而，通過月球表面對我來說仍是會嚇到面無血色的經驗，對此我莫可奈何。抬頭一看，窗外的地球就會映入眼簾。

妄想折磨著我：是不是一不小心，我就會被那顆藍球的六倍重力吸過去啊？

我在學校有各色各樣的同學，不過他們大致上或多或少都對地球抱持負面的看法，我覺得。

並不是教育的緣故。不如說，戰爭開打前，老師、大人都一再強調要和地球人和睦共處，我印象中是這樣的。當地球人因為公差或旅行來訪月球時，你們不該對他們做出失禮的事，也不該展現可恥的行徑。你們行動時請懷著月球人的自豪和自覺，之類的。

孩子們討厭地球的原因肯定是課堂外的地球重力體驗，不會錯的。

任何居住坑都有一兩個挖成甜甜圈狀、沒有空氣的環狀隧道。他們會在上頭鋪磁浮軌道，讓膠囊型列車在上頭跑。大約五名學生和一個老師搭進去後，車門關上，車廂倏地加速。離心力於是加諸到甜甜圈外側。

車廂浮著，也沒有遭遇空氣阻力，幾乎不會搖晃。隨著速度逐漸加快，「下方」變得不再是「下方」，世界整體都開始緩慢傾斜了。身體越變越重，彷彿肩膀上放了什麼東西。等到前方的重力加速度計顯示為「九點八」、原先的牆壁變成地板時，我們就得在這地方待上兩個小時。

並不是坐在那裡而已。我們還得站起來走路，吃酵母發酵的麵包，接受光譜調整過的模擬日光浴，還會被要求下西洋棋、打撲克牌等，接觸傳統的遊戲。我們就是得在這裡體驗「符合地球人本色的生活」。

一半左右的學生都會身體不適。

大家各有各的重力休克症狀，有的人就只是虛弱地趴在長椅上，有人突然發飆踹牆壁，也有人大聲唱歌。我是拉肚子拉個不停。車廂內有一間廁所，但設計成大人尺寸，我不小心讓整顆屁股都掉了進去。

這樣的活動，一年會辦一次。

因此同學大都擁有某種不像話的地球體驗。

聽說是月球上還沒有人類定居時，長期駐留者必須預防肌肉衰弱，才打造了這種重力列車。

特地進行這種苦修，據說是為了追求一種效果：讓我們在月球上進化的基因，回想起原本所處的環境。讓平常不會使用的肌肉和神經接受重力刺激，似乎有益身體健康。沒什麼科學根據。

真要說來，還比較像是令人自覺「我們無法在地球過活」的儀式。

我們在這麼嚴苛的重力下無法存活。我們呢，只能在這裡活下去了。地球人攻過來的話，我們無處可逃，就只能打一場保衛月球的戰爭。這想法也許從小就銘刻在我們的內心吧。

●

現在看到地球，我也不會怕了。

那顆藍色星球比我小時候看到的感覺還要漂亮許多。

地球人懷著明確的敵意將兵力運送過來，反而讓我的心情變得舒暢。他們和我們一樣，是擁有愛恨等感情的人類，而不是真面目不明的重力惡魔——派兵使這點變得再鮮明不過了。

「欸，彼得……」

我繼續凝視地球，同時向背後的彼得搭話。不管臉朝向哪一邊，電波都會確實傳到對方那裡。

「如果去地球觀光的話，你會想去哪？」

「怎麼啦，真突然耶。」

「問問題還需要事前預告？」

我說，彼得於是呵呵笑了。

「我沒怎麼想過呢。」

他盤起雙手，難得沉思了很長的一段時間。

「哎，去哪都行啦，只要能走在藍雲下面就行了。」

他說。

「藍色的不是雲，是天空。」

「對啦。然後還有被一整片樹覆蓋的山、有水的海也很棒。在那裡的話，不管看什麼都能感受到一定的趣味吧。」

「是喔，為什麼？」

「現在地球上的建築物是現代地球人建造的，但如果是跟我們祖先差不多老的建築物，就有可能是祖先們蓋的吧？總覺得看到那種東西之後，也許能更喜歡地球一點。」

「你想要喜歡上地球嗎？」

「如果辦得到的話，我會想要對它有好感啊，那樣比較好。畢竟是鄰居呀。」

他邊說邊速速吸了一口寶貴的氧氣。

這番話還真是怪怪的。現在正在跟這敵人對打，竟然還思考喜歡上對方的方法。不過正因為怪，感覺上更像是他的真心話。

「那個金字塔呀，是石頭堆起來的吧。空氣撞上去不會弄壞它嗎？那種風動不動就會吹來吧。」

彼得指著貼在地球上的氣旋說。那下方應該有猛烈的氣流正在搗亂，威力簡直大到可以壓爛建築物。

「就算只是堆在一起，在地球上的話，意思跟熔接一樣啊。」

「對喔，六倍的話，會是那種感覺吧。」

說完，彼得靜靜點頭。

當然了，我們前往地球的那一天永遠不會來臨。搭重力列車幾個小時已是我們的極限。

司令部就算守得住月球，也不可能占領地球，我們這些月球出生長大的人的骨骼，無法在地球上支撐自己的身體。

地球的士兵卻能像現在這樣，跑到月球來作戰。

真不公平。

只能從退回骨骼形成階段、重新來過了。

「死個一遍，然後重生吧。」

我說完，彼得接話。

「如果是在有水的海裡游泳，我們應該也辦得到吧。聽說那些傢伙是在水中進行月面作戰訓練呀。我們對那裡發動猛攻吧。穿條泳褲就搭上大氣層穿越船，然後靠槳落傘落到海中吧。」

「是降落傘。」

「對，就是那個。我經常搞錯這些詞彙。」

哎，我想那也是沒辦法的事。月球上能稱之為降落傘的東西，也許只有在室內施放的派對玩具了，除此之外半頂也沒有。

那我為什麼會知道「降落傘」這種詞彙呢。

當然是看到的，從電影之類的。

除了低預算家庭劇之外，我們在地下居住坑看的電影全是地球製的。資訊商品不用運輸成本，在這領域和地球競爭不可能有勝算。

對我們而言，地球表面的風景，比我們鮮少前往的月球表面還要來得熟悉。

如今我們在現實中親眼看到的戰爭，之所以顯得像搞笑漫畫一樣愚蠢，也是因為我們腦袋認知的戰爭以六倍重力下的地球影像作為基準。

我們太習慣虛構了，導致現實欠缺真實感。

我現在看到的戰場搞不好是訓練用的虛擬空間——開始這樣想的同時，我也漸漸喪失否定這種看法的自信。

說到底，我們……

「到底是為何而戰呢？」

彷彿緊貼我的思考似地，耳機傳來彼得的聲音。

「為了守護月球啊。」

「為什麼我們痛宰那些地球人就可以守護月球？這方面我搞不太懂啊。」

「司令部的公告內容，你沒聽說嗎？沒看新聞之類的？」

「聽得一清二楚呀。」

我讓插在腰際的電槍指向地球。

「他們宣稱我們正在研發違反條約的高功率雷射兵器，還說掌握了證據，拿這點責難我們。」

「你根本就很清楚啊。」

「我就是想不透這點啊。害怕兵器的傢伙們，為什麼要跑來打仗？」

我聽著音質經過調整而顯得像機械的彼得的嗓音，同時小心翼翼打了個呵欠，不讓他注意到。眼淚也擠出了一點，不過頭盔讓我無法擦淚，只能等待氣瓶送來的氧氣幫我吹乾它。

地球的都市受到厚厚的大氣層保護，月球的雷射兵器無法加以攻擊。不過等到技術更進一步一點，我們遲早會有辦法直接從月球破壞那些繞行地球的軌道都市。地球人害怕這件事成真，與月球政府展開交涉，要求停止研究開發。似乎是因為談判破局，才演變成戰爭。

的確，仔細想想就會覺得這狀況令人一頭霧水。

「決定要開戰的人和來到戰場的人，不是同一批人。原因會不會就出在這呢？」

我含糊地碎念。

彼得沒回答。

比我們聰明得多的戰況判斷系統只會輪流傳送兩種命令訊號給我們：「死守小丘」和「補給車已在路上」。它不會告訴我們戰爭的意義。它不需要我們的提問或意見。

戰況判斷系統顯示的數字仍然是「96」。

「你們的工作，就是削減那個數字。」

訓練教官這麼說。不要直視「殺人或被殺」的狀態，從更後設的角度著眼吧，他還這麼說。我們削減的不是生命，而是系統所顯示的數字。

不過，光像現在這樣坐著不動的話，只有氧氣瓶的殘量會不斷減少。

還有九個小時。

還看不見補給車的蹤影。

我的背滲出了些許冷汗。

戰死沙場也是沒辦法的事，出征時就已經認了。但現在這樣有點太沒意思了。尚未和敵人交戰就窒息死去……

太蠢了。

這裡原本多的是氧氣。我們腳下這座小丘的成分有矽酸鹽、氧化鋁、氧化鎂等等，大致上，它們有一半左右由氧原子構成，加以電解就會得到取之不盡的氧氣。而且，這裡的電力也多到滿出來，如你所見，正被大量供應給雷射砲。

然而，我們沒有氧氣可吸。

這兵器理應是為了守護我們的星球才建造的，如今，卻保護不了我們。

在前天夜裡，我還是受訓士兵，那時候我見識了戰場遺體回收作業。

一入夜，所有戰鬥行為都會停止，因此回收車會趁這時候慢吞吞地開出去，蒐集戰場上散落的遺體。

上頭原本是不會讓受訓士兵看這種場面的，不過當時我們剛好在受訓期間碰上微隕星警報，急急忙忙衝進最近的地下空間內，結果那裡剛好是回收車操縱室。

我脫下月面太空服檢查組件的同時，一名女性操縱員正看著小小的螢幕，操作著幾百公里外的戰場上的回收車。

挖土機將士兵的屍體連同月塵鏟起，我於是看到破裂頭盔中的頭蓋骨已完全壓爛，暴露在真空中的黑褐色血液黏滿沙子。簡直像小孩子玩沙時被帶去奉陪的人形玩偶。

「這傢伙是地球人呢。」

操縱員的聲音像三角波似的。

「妳是從哪看出來的？」

「看身高就知道了。他們就連成年人的身高也不會超過兩米。」

她邊說邊拉操縱桿，將屍體堆到貨斗上。她運動機械臂的動作極為靈巧，不把數百公里份的無線訊號延遲當作一回事，彷彿自己的神經就接在手臂上頭。

「地球人也要回收嗎？」

「屍體會統一堆在別的地方，之後他們會來運走，帶回地球。」

「帶走屍體，嗎？」

「是啊。」

「也就是說，地球人還特地攜帶了運送屍體用的燃料嗎？」

聽到我這麼問，她傻眼地回答。

「地球來的往返太空船設計上可以讓所有人活著回去。來到月球的士兵都不會有戰死在這裡的預定啊。」

說得也是。我感到丟臉，因此下一個浮現的疑問，我並沒有問出口：「為什麼月軍要協助他們蒐集屍體呢？」是因為雙方締結了這種戰時條約嗎？還是單純基於騎士精神？

回收車使探照燈轉向四面八方，同時行駛於夜晚的月海。操縱員右手持續握著操縱桿，以左手拿起鋁箔紙包起的麵包，咬了一口。黃芥末的強烈氣味甚至飄到我這裡來。看來她相當愛吃怪食物。

「受訓兵，你知道嗎？地球人用『回歸塵土』來形容死亡。」

「……塵土？」

「嗯。地球表面有空氣，因此土壤裡頭有密密麻麻的微生物，對吧？如果把屍體埋在土裡，據說身體就會分解、消失。他們用『回歸』來表達這件事，這生死觀很有意思呢。」

她說完，喝了一口杯中的咖啡。

警報停止、訓練重新展開後，她那番話還是莫名其妙地卡在我腦海中，我有事沒事都會在心中反覆念出「回歸塵土」這個幾個字。

月球上沒有那種帶有濕潤情緒的措辭。人類抵達月球時，被啟蒙思想照亮的世界觀早已出爐，烤得恰到好處。

對我們說，地面不是回歸之處，是一道防壁，為我們遮擋太過強烈的陽光。

對我們來說，死亡不是終結。月球上的過剩之物只有塵土和熱能。回收來的戰友屍體，會送進有機酸化爐，通過二氧化碳管線，然後被光合作用固定在穀物栽培室內。生態系循環規模非常小。那個操縱員吃的麵包裡，應該也含有不少來自死去同胞的物質。

我們一直都很忙。死了也還在忙。

我們沒有回去的地方，就連停留在原地也很困難。月球人為了當月球人，必須在重力列車般狹窄的空間內不停轉啊轉，轉啊轉。

我坐在月球表面的小丘上，什麼也不做，光看著士兵動來動去。死者只會畫出拋物線，不過活人地球士兵持續鑽過兵器死角似地一再逼近。他們彷彿要證明自己還有意志，因而畫出不規則的曲線。

如果敵人一路攻到這裡，就只能打近戰了。

我是士兵，是為了和敵人近距離交鋒才被布署在這裡的。

槍在我手邊。

感覺膠著的前線一點點地朝我們靠了過來。

那些遠近法的玩具原本只有小指大小，如今一步一步長出人類的形狀。

他們抵達這裡的話，我就非朝他們開槍不可了。

用這把槍。由我動手。

「心跳加快囉。」

彼得對我輕聲說。我們能夠互相確認月面太空服的身體數值。

「當然會加快啊。」

我邊說邊看數字，發現彼得狀態跟平常一樣，沒有改變。

「別太激動喔。士兵在戰場上發狂是重大事件，因此系統據說會監控我們的心跳速率和腦波，查驗出徵兆。」

「查出來會怎樣？」

「警報會響。」

我沉默了一下。這時候該笑嗎？我思考了一下。

「所以呢，感覺精神無論如何都撐不下去的時候，要用系統注意不到的方式安靜發狂喔。」

「需要高超的技術呢。」

話說完，我舉起槍。

這槍標榜可靠性第一，因此一個電子零件也沒有，就只是引爆化學藥劑、擊發鉛塊用的筒狀物。不過威力足以貫穿披著月面太空服的人體。

就算無法貫穿，只要能在衣服上開個洞，一般而言對方就會死在月球表面上了。

因此這場戰爭的「傷兵」極為稀少。沒有頒給他們的勳章，也沒有帶著嗎啡的醫療兵。也不會聽聞到傷兵和護士之間的韻事。極少數被送到醫院的傷兵有兩種：撞擊導致內臟損傷、精神障礙。如果把腦也視為內臟的話，就只有一種了。

沒有看外表就能辨識出的傷兵，會使得國民與戰爭的現實感拉開距離，我認為這會抑制他們的厭戰情緒。如果居住坑內到處都有斷手斷腳的退役軍人走來走去，國民便會有一些新領悟，那是光看司令部發表的數字也無法察覺之事。

戰況判斷系統顯示的數字，仍然是「96」。

有可能自己是把「69」錯看成「96」吧？有那麼一瞬間，我如此期待，但那果然是貨真價實的「96」。

戰場依然亂成一團，理應逐漸逼近零的數字，從剛剛到現在卻都沒有動，彷彿卡著沙子似的。

為什麼呢？

突然間，大腦角落的某個小範圍，另有一個新想法敲了敲我的意識之門。

這是戰況判斷系統，因此我方有人死掉的話，勝利就會遠離，為了獲勝所需殺死的人數應該會增加。然而螢幕上的數字卻完全沒增加。

這麼說來，這數字會不會含有什麼虛假的成分呢？

或者說，「要讓士兵看什麼樣的數字」不也是戰況判斷系統的判斷之一嗎？

系統是正確的。至少，比人類的判斷可信。

不過，系統向士兵傳達的真實，會不會不怎麼可信呢？

我的背滲出汗了，是比剛剛還要冰冷的汗水。
我無法大剌剌地把那番話說出口。
我們的所有對話都會乘著電波，傳到司令部那邊。
「欸，彼得。」
我問他，同時小心不讓心跳加速。
「這個戰況判斷系統，是怎麼做出來的啊？」
「怎麼做，是指什麼？」
我不知該怎麼回應，彼得接著說。
「詳情我不清楚，不過反正一定是那個啦，古典式的強化學習吧？在計算機內也設置虛擬的戰場和士兵，讓他們一再交戰。然後再利用得到的資料計算各種局面的獲勝率，決定獲勝率低於百分之多少就撤退之類的事情。」
他喘口氣，然後又說。
「……聽說啊，軍隊裡有人類士兵時，連每一個士兵的忠誠度和恐懼度都會被列進參數裡。這樣的判斷準確度會比『假定士兵總是採取合理行動』的模型來得高。」「這樣啊。」
「似乎是這樣喔。」

「真令人開心呢。也就是說，系統很尊重我們的個性。」

啪。

雷射光擊發，又有砲彈蒸發了。

「嚇了我一跳。」

彼得又這麼說。這男人一直嚇到都不會膩嗎？

「不能事先告訴我們嗎？」

「會損失一些時間啊。」

「中個一發也沒關係吧，本體埋在地底啊。」

「砲身是在地底沒錯。不過打中我們的話，敵軍看到的數字就會減二囉。」

「這樣啊。還有這方面要考量呢。」

彼得彷彿現在才真的察覺到這點。都來到作戰現場了，他似乎沒什麼思考自己戰死的可能性。

「不過，我們要是死掉的話，這雷射砲遭到占領的可能性會提高，因此不會只減二吧，會減個十左右。」

「的確是。」

我點點頭。

「在那種情況下，我方也會提早發布撤退命令。另外八個同伴就不用死了。」

「也許吧。哎，不過那樣一來，我們就回不去了。」

平原那裡又一個我方士兵飛了起來。

數字仍然是「96」。

我放棄，吐露言語。

「那樣的模擬運算，會多接近真實呢。」

「運算的成本沒啥啦，應該比真正的戰爭便宜多了，上頭也許會徹底算個夠吧。每一個士兵物件都會設定經歷或訓練履歷，讓他們根據各自的經驗行動等等的。」

不用看螢幕，我也知道自己的心跳加快了。

「這麼說來，也就是……」

「嗯？」

「我們也有可能是計算機中的士兵，這場戰鬥也可能是計算機中的模擬運算囉？」

「原來如此，我們只是物件嗎？真是衝擊的事實呢。」

平原那裡又有一個人飛了起來，那是地球人。

「難怪啊，畫出那麼漂亮的拋物線呢。」

彼得呵呵呵地笑了。

勝利條件仍是「96」，毫無改變。總覺得這數字如今已經永遠不會減少了。等到衰老的太陽變成紅巨星、吞噬掉月球後，我們也還是得以九十六顆項上人頭為目標。

戰況系統不會告訴我們，我方再死多少人才會發布撤退命令。逮住對方的士兵、看他們的螢幕就會知道了吧。因為高度發達的人工智慧都大同小異。然而，我方對這方面的事情保持沉默。

「計算機內的地球人，死了以後也會回歸塵土嗎？」

我輕聲說，而頭盔內話機還是確實捕捉了這細小的聲音。

「那什麼話啊。」

彼得的聲音回應我。

「我在想，死於模擬運算的物件不知道會到哪去呢。」

「空出來的記憶體上，會有其他物件進駐，就這樣而已吧？資源會這樣不停轉啊轉的，就跟我們的生活一樣。約翰·藍儂也說過吧？試著想像，天國根本不存在[3]。」

頭盔內話機傳來的彼得的聲音經過音效調節，聽起來像機械似的。不知怎麼，我漸漸覺得彼得搞不好真的是機械。我刻意說了個謊。

---

3 出自名曲〈Imagine〉歌詞。

「是巴布・狄倫吧。」

「對，就是那個。」

彼得回答。這男人似乎完全不會想像我出錯的情況。他的頭蓋骨下面有沒有具備想像能力的腦部組織呢？我不安了起來。模擬運算會特地製造出那種部分嗎？不只是彼得，我的頭蓋骨下面，也真的有大腦嗎？

氧氣存量還有八小時。浮在上空的地球，漸漸顯現出小小一顆馬達加斯加島。那裡似乎有種類豐富的動植物。如果要去地球觀光的話，去那種島也不錯。

「對了，彼得，我想到了一個好點子。」

「什麼啊？」

「我們要不要死看看啊？」

「好啊，動手吧。」

彼得說完，讓槍口指向我。我也讓槍口指向他。我們呈現點對稱，然後同時扣下扳機。那衝擊像是眼前有煙火綻開，黃芥末卡住喉嚨似的感觸竄過我全身，不過這裡沒有空氣可讓聲音響起。那種玩意兒，太奢侈了。

就這樣，我和彼得死了。如果這場戰鬥是模擬運算的話，我的思考會作為記錄檔留存下來。我不知道工程師會不會讀記錄的內容，不過那也許會成為演算法的分析對象。

如果這是現實的話，我就會變成一個在月球表面發狂、找伙伴一起殉死的士兵。要我選的話，我會覺得後者比較棒呢。

大正電子女學生～洋派・機械娘～

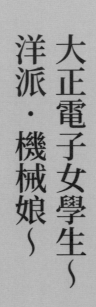

一　文學少女，邂逅機械娘。

「澄子小姐。」

聽到有人呼喚自己的名字，澄子轉過頭一看，發現穿著棗紅色袴的同學奔跑在女校的木地板上，朝她而來。對方細瘦的手腕捧著德國寄來的赫曼・赫賽最新作《徬徨少年時》。

「哎呀！」

澄子不禁以雙手掩口。

「今天早上才從橫濱港送到的喔。」

她彷彿是在指魚之類的東西，但雙手將厚厚一本精裝書遞到澄子面前。

「我硬逼伯父幫我訂的，想說妳應該會想第一個讀吧。」

「啊，我好開心啊，芳子小姐！」

澄子說完抱住芳子，連書都一起擁入懷中。

路過的教務主任推了一下眼鏡，斥罵兩人。

「妳們兩個！不許在學校做出那麼不知羞恥的行為。」

湯島高等女校在東京府眾多女校之間，有一個顯著的特徵，那就是「徹底謝絕男性」。

創校以來，所有男士都禁止入內，就算是學生的父兄也不例外。教師當然是女性，就連校醫、工友也都是，徹底到這種地步。明治時期發生了小火災，滅火甚至也是由婦人消防隊來進行。

「簡直是德川時代的大奧。想必施行著十分古板的教育吧。」

這一類風聲流傳在世間。

然而，實際情況正好相反。代議士或文部省的官員原本會號稱要視察，對教育方針說三道四，不過以「謝絕男性」名義把這些人拒於門外，就能避免高層的干涉，不用順著他們的意思培養賢妻良母，反而可以實現更為進步的女子教育。

本故事發生在大正十年（西元一九二一年），主角是前述學校的女學生。

澄子隸屬於女校的德國文學同好會，成員們會手拿辭典、一邊讀歌德或里爾克等文學作品。接受進步教育的她們認為，這算是新時代的婦人嗜好。

然而，面對有那種嗜好的澄子，父親絕不會給她好臉色看。

「小女就是不肯練習插花和琴藝，老是在讀德國文學呢。讓各位見笑了。」

她想起父親說這話的嗓音。

那時坐在他們眼前的人，是經營生絲工廠的三本家大家長，以及他的公子。就算是不怎麼有見識的人，看他們奢華的打扮也會明白，他們是在前一次大戰發了大財的暴發戶。

「哈哈，那個德意志帝國如今已是戰敗國了。聽說正為高額賠償金所苦，可不是嗎？往後一百年，他們不會再站到歷史的大舞台上了吧？更要緊的是日本的課題啊，我們要和五大國之一的英國修復關係啊。」

公子以傲慢的嗓音這麼說。

「喔，繼承人如此具備世界觀，看來三本家這下穩當了呀。」

父親露出諂媚的笑容。澄子心不在焉地聽著這種男人們的對話，同時眺望著庭院裡的梅林。

她遲早會從女校畢業，然後嫁給這個富家公子，事情已經定了。

若追溯過往，澄子家也屬華族之列，但他們沒跟上時代潮流，逐漸沒落，一再負債，最後連這座大宅也準備要拱手讓人了。在這過程中成為救命稻草的，就是她和這暴發戶的婚約。

發財者會想要高貴的血統，就像羽化的飛蟲會聚集到洋燈旁，是極為自然的道理。

在帝都的各處都會聽到類似的婚事。

然而對方已滿二十八歲，比澄子大了整整一輪。而且是再婚。根據金融界的傳聞，他們是因為前妻一直生不出孩子，才單方面斬斷婚姻關係。

「澄子真可憐呀，她其實根本不想嫁過去吧。」

母親說，但父親回她。

「與其脫手宅邸、傷害家族名聲，還不如採取這個不得已的下策。她頭腦很聰明，會明白這道理的吧。」

澄子朝舊校舍走去，身上的袴一路發出窸窣聲。她這趟是為了將剛入手的《徬徨少年時》擺到同好會教室的書架上，《在輪下》的旁邊。

《在輪下》是赫塞於一九〇七年發表的長篇小說，描寫少年漢斯的故事。四周眾人都冀望他有美好的將來，而他為了回應這些期待，備感苦惱。據說，漢斯是以少年時代的赫塞本身為原型。

澄子背負重振沒落家族門第的責任，對這個遙遠異國的少年深有同感，想讀更多這位作者的小說，才加入位於舊校舍的德國文學同好會。

自己的人生只到畢業為止了，在那之前就好好搞自己心愛的文學吧，她心想。

在地板嘎吱作響的舊校舍，某個東西在澄子腳邊迅速移動。是老鼠。

聲名遠播的「滅鼠藥」發明已過了十幾年，但帝都的衛生和令和年代的世間相比仍屬惡劣，建築物角落有害蟲或老鼠橫行，成為流行病的媒介。

「呀！」

她發出尖叫，撞上了走廊轉角現身的人影，咚。

舊校舍理應已不供師生上課，她卻倒楣地在這裡碰上其他女學生。對方拿在手上的木箱「砰隆」一聲落地，接著傳來玻璃破裂的框啷。

「對、對不起。突然有老鼠冒出來，我才……妳有沒有受傷？」

澄子深深鞠躬。對方似乎無比沉著，俯瞰著蹲在地上的澄子。

「我不要緊。妳是四年級生嗎？」

她如此回答。由這句話來推斷，對方似乎是五年級生（高等女學校的最高年級生）。「是的，我叫澄子。」

澄子說完抬頭，發現眼前女學生的和服袖口緊扭，像薙刀服那樣，頭髮盤起，在雙耳後方梳了小小的髮髻。服裝打扮更重視活動性而非美感，看起來也可能是習武的女師傅。

奇怪的是，她的袴弄得漆黑，像是剛開始學寫字的小學兒童，實在不像高女的最高年級生。

她撿起掉落在地的木箱，打開蓋子瞄了一眼箱內。

「只是破了一根真空管呀。機械室可以找到替代品，不要緊……」

她低聲說。

澄子的手伸向掉落在地的書，封面上的「徬徨少年時」幾個字以德語特有的哥德體寫成。女學生一看到那字……

「哎呀，難道妳看得懂德語嗎？」

便湊了過來。

「咦？是、是的，稍微還行……」

結果對方眼神大變，再次打開剛剛明明已確認過的木箱，用演戲似的聲調大叫。

「哎呀，糟糕啦！妳害我弄壞了珍貴的無線機呀。妳要怎麼彌補我呢!?」

她將木箱遞給澄子。箱內擺放著澄子沒見過的零件，像是玻璃碎片的東西也撒在裡頭。

「真、真是萬分抱歉，我該怎麼向妳賠不是呢……」

「那不然，能不能請妳幫我個小忙，當作賠禮呢!?」

哎呀呀，這就是文學少女澄子與機械娘千代的相遇——

二　機械娘，揭露無線通訊技術

千代硬將澄子帶到這裡來，一個充斥異味的房間，彷彿有油燒焦似的。窗前掛著遮光黑布，遠處牆邊堆著工具，這一頭則堆著電力機器。

「這、這房間是什麼啊？」

澄子畏畏縮縮地提問。

「是機械室呀。」

千代回答。

女學校創立前，這裡是東京帝國大學的校地，舊校舍擺放著一部分工學部的設備。

「好啦，那個擺在哪去了。之前一直丟著不管……」

千代開始粗魯地將堆起來的工具或零件扔到地上。澄子瞄了一眼旁邊的櫃子，發現有隻牛蛙的腳被插了金屬片，在玻璃容器中一抽一抽的，動作很古怪。

看到如此詭異的光景，澄子流出冷汗。自己等等會不會被魔女丟進鍋子裡煮熟、吃下肚呢？

「有了。」

千代從書山中抽出一本薄薄的西式裝訂冊子，封面上寫著：

「ANNALEN DER PHYSIK 1916」。

DER是定冠詞，PHYSIK的意思是物理——澄子立刻動腦。

「物理學年報——應該吧。」

「答得好啊，澄子小姐。」

千代似乎很高興地出聲。

「這是德國的科學雜誌呢。我的兄長大人答應我的無理要求，從帝大圖書館幫我拿出來的。不過我拿在手上準備好好來讀的時候才注意到一個重大問題——我看不懂德語呀！」

澄子愣住了。

「為、為什麼要從圖書館拿出看不懂的書籍呢？」

「科學沒有國境——那個巴斯德[1]明明是這樣說的啊！他真是個大騙子，可惡的細

---

1 路易・巴斯德（Louis Pasteur，一八二二—一八九五）：法國微生物學家、化學家，微生物學的奠基人之一。

菌學者。」

千代對遙遠法國的（已故）科學家忿忿不平。

「可是——代數、幾何我都很不擅長，我也不覺得我看得懂物理學論文呀。」

「哎呀呀，妳害我的無線機故障，卻只想道個歉就逃之夭夭啊。」

千代固執地擋住機械室出口，然後湊近澄子。

「不、不是的，可是——首先那個『ㄨˊ ㄒㄧㄢˋ ㄐㄧ』到底是什麼啊？」

「您不知道嗎？」

「是的。」

「那是海軍大人們使用的道具呀。船與船之間不可能牽電話線，所以軍艦上有不需要線路的電話喔。」

「哎呀。」

千代雖然這麼說，但這時代連固定電話都還沒有家用普及，澄子聽了還是一頭霧水。

「我之後再讓妳看它是怎麼運作的，妳先坐在那等一下。啊，在那之前得先換好真空管才行。」

她看著擺在桌上的懷表說。

澄子坐在老舊沙發的期間，千代戴起手套撥開木箱碎片，嵌上新的玻璃。她邊看千代做事邊聽對方說話，因而得知：千代竟然是在學長正式認可下，自由使用這間機械室。學長對於風紀那麼講究，怎麼會這樣呢？澄子感到不可思議。

事情要從兩年前說起。

有次上課上到一半停電了，校舍內的電燈全數熄滅，且天氣相輔相成，學校有如大半夜般昏暗。湯島高等女學校徹底禁止男子入內，但帝都內幾乎沒有女性電力技師，教師們像無頭蒼蠅般慌亂。

這時千代現身，三兩下就發現斷線位置。「老鼠咬斷了閣樓的線路呀。」她修好電線，讓學校恢復光明後，學長也不得不認可她的功績了。

就這樣，千代扛起女校內機械問題的處置工作，換來學長正式認可的機械室使用權。而且這件事，她的父親並不知情。

不過呢，同學之間也有傳言說，弄斷電線的「老鼠」就是千代自己，不過澄子並沒聽到這個說法。

「我在家會挨父親大人罵呢，說女人家別學機械技師搞那些有的沒的。明明在這方面，我比我哥有才能多了呀。」

「令兄……是帝大生嗎？」

「哎呀，您認得他嗎？」

「您剛剛自己不是說了嗎？兄長大人答應您的無理要求，從帝大圖書館拿出科學雜誌。」

澄子說完，千代瞪大眼睛傻住了。

「妳這人，意外精明呢。」

她說。

「不過，說自己比帝大的人還有才能，未免也太……」

「哎呀，我的兄長大人老是在叨念喔。啊啊，我現在看到方程式就討厭，真想轉系成為法律家。不過啊，父親大人竟然對兄長大人這麼說呢：曾為東鄉元帥而戰的海軍技師，竟然有這麼沒出息的兒子。」

千代把螺絲起子放到桌子，用袖管擦汗，然後「呼」地嘆一口氣。

「我父親就是那樣的人，看待一個人只會看他的身世背景。因此我才在學校保有自己的房間啊。」

澄子越聽越覺得，這千代跟自己莫名相像。為守舊的父親所苦，卻還是硬在學校找到自己的容身之處，與其對抗。而且這女孩比自己還要堅強多了。

「好啦，時間到了。」

千代說完，把擴音機放到了木箱上。光看那部分會覺得和澄子家的留聲機很像，但沒有放唱片的部分。

「先調整頻率——」

千代說完，轉動旋鈕，結果……

「千代小姐？」

擴音機傳出了人聲，是年輕男子的聲音。

「千代小姐，聽得到嗎？我是櫻井，我現在在帝大的實驗室。」

「音量太大了呢。」

千代轉動別的旋鈕，男人的聲音倏地變小。她直接將耳朵抵在擴音機上，然後對著手上的小圓盤嘰嘰喳喳地說話。就像講電話那樣。

澄子整天都在讀小說，對於男女韻事不怎麼了解，但她還是察覺了狀況。在千代與看不見的對象說完話前，澄子一直站在房間另一頭的角落，盡可能不要呼吸，靜靜待著。

兩人說完話後……

「——就是這樣的東西呀，明白了嗎？」

千代說。但光是從旁邊看的話，對澄子而言，千代幾乎就只是站在機械旁邊竊竊私語而已呀。

「千代小姐，呃——您的對象，是帝大生嗎？」

澄子詢問。東京帝大和湯島高等女校只隔著一條馬路，據說有許多女校高年級生會和帝大生交往。

然而，千代露出有點寂寥的神色，和之前的快活表情很不搭。

「他的母親，是朝鮮人喔。」

她只吐出這麼一句話。

兩人沉默了一陣子。

帝大生的話題就這麼結束了。

「總之呢！」

千代喊道，彷彿是要說自己聽似的。

「像我這樣才華洋溢的大小姐，已經無法滿足於製作既存的機械了。接下來我要做規模遠比這更大的事情——所以呢，澄子，還請多加協助囉。」

千代說完，拿起剛剛遞給澄子看的《物理學年報》，往她的頭「咚」地敲了一下。

三 機械娘的大發明

同學們得知四年級生澄子這陣子頻繁地跑去舊校舍找那個「電力君王」千代後，開始有風聲不斷流傳：兩人是S嗎？

S是sister的第一個字母，指的是女學生之間的類姊妹關係——而且是有點排他性的那種。「A子是B子的S，所以我們不可以向他搭話」之類的對話，在全國各地女校都會耳聞，十分尋常。

校方原本會容許這種關係，視為青春期特有的親密友情，但明治晚期的新潟有這類關係發展成女學生殉情的案例，因此也有學校會禁止過度的關係。

幾年前，湯島高等女校也有女學生在教室接吻被老師發現、從此兩人被禁止在校內交談的案例。

至於澄子和千代呢，兩人在密室內發展的關係不如外人想像的那麼親密，就只是千代把澄子當成字典使用罷了。

千代命令澄子讀的，是一個叫愛因斯坦的歐洲博士寫的論文。似乎是在說時間或空間會受群星的引力拉長、彎曲之類的。

內容實在太離奇了，澄子老是覺得自己可能做出某種致命性的誤讀——例如文學和物理學使用的德文並不相同之類的。然而千代似乎很滿足地聽著澄子的翻譯，並在筆記本上寫下自己的解釋。

「日本遲早也會有廣播放送的，父親大人說美國已經開始了。」

千代說。她現在做的，就是接收廣播的收音機。

「可是，在開始放送前做收音機，要做什麼呢？」

「這不是當然的嗎？我要在現下接收放送開始後的電波啊。」

「——唔。」

澄子的反應很沒勁。每次聽了這電力君王的發言都要吃驚的話，根本沒完沒了。千代似乎覺得很不滿，於是……

「我要使用這個『寶盒』。」

她拿出鉛筆畫的設計圖給澄子看。是她這陣子一面讀德語論文，一面設計出的某種玩意兒。它的形象大體上和童話裡的寶盒並不匹配，看起來像個粗俗的金屬製箱子。

「用X光照射箱子，讓產生的電子扭曲時空，再用我們的收音機來接收箱子裡的未來電波。」

千代說得一副理所當然的樣子。

澄子完全無法理解箇中道理，但電波既然可以跨越空間，讓人聽見圍牆另一頭帝大生的聲音，那麼跨越時間、聽到未來的聲音或許也沒什麼不可思議的吧，她心想。

澄子得知千代原先說的「無線機故障」只是胡謅後，仍想看她自由奔放過頭的身影，因此還是繼續一天到晚往機械室跑。

這位小姐和自己一樣有個老古板父親，卻運用洋溢的才華開闢出自己的道路。自己要是也能變得像千代那樣該有多好，她心想。

之後，幾個月過去了……

「J・O・A・K……您現在收聽的是東京放送局。為您播報九點新聞。」

「收到了！」

耳朵抵著擴音機的千代大叫。

「它剛剛說『放送』呀！妳聽到了嗎!?欸，澄子小姐！」

「──不，我什麼也沒聽到。」

「妳在那裡什麼也聽不到呀！來這裡！」

激動的千代拉起澄子的手，兩人一起將耳朵湊近喇叭型的擴音機。

千代雖然熱情，但擴音機傳出的聲音卻給人相反的感受，比以前聽到的帝大生聲音還要模糊多了。話語動不動就噗茲噗茲地中斷，還不斷混進沙沙聲，彷彿有人在沙地走路。

然而，在擴音機另一頭說話的人，是談話專家的聲音，令人聯想到電影辯士[2]。這證明了在未來的日本，這個叫收音機的道具會有商業方面的運用。

電台辨士（後世會稱為電台播音員）八成是拿著事先準備好的稿子，滔滔不絕地朗讀著：

「官方新設立了震災紀念堂，悼念七年前的震災喪生者。」

「淺間山火山爆發，飄落的火山灰遍及帝都。」

「德國舉辦總選舉，希特勒率領的納粹黨席次大增。」

「震災紀念堂——？」

千代用呢喃的音量說。

「我聽到他說七年前。千代小姐，這是幾年後的廣播呢？」

「我不知道耶，這就只是寶盒剛好接收到的電波——不過它應該收不到太久遠以後的呀，而且這盒子也遲早會壞掉。」

也就是說，不久後的將來，會發生那麼大規模的地震囉——大到他們甚至要悼念七年前的死者？

然而，耳朵貼著擴音機再怎麼久，也只會聽到裡頭的人聲不斷說「今年」、「去年」，最關鍵的部分並沒有傳達過來：這到底是大正幾年的廣播放送。

「大概是沒料到過去的人會聽到這個廣播吧。欸，澄子小姐。」

千代說完，拍了一下收音機盒子。

結果呢，原本斷斷續續的放送突然完整連上，流暢的句子傾洩而出。這就是後世廣為人知的高度機械技術「拍一下就會好了」。

「紐約股票市場崩盤的餘波也影響到我國，三本製線業最終於日前宣告倒閉。」

澄子的心臟撲通大跳了一下。

「該社於震災後業績持續不振，據聞本次世界性恐慌導致其生絲出口量大減。討債人湧向創業家族，但宅邸已成空殼，一家人全數下落不明。」

澄子的心悸越來越嚴重了，簡直連站在一旁的千代都聽得到她的心跳聲。

三本製線。一家人全數下落不明。

澄子畢業後，正是預定嫁入這戶人家。

「以上為您播報的是昭和五年九月二十六日星期五的新聞。」

2 電影辯士：默片時代為電影配上說明、旁白、講解劇情的工作。

人聲後面接著沉重的「鏗鏘」一聲，接著什麼也聽不到了。

初期的廣播並不會放送一整天，而是每小時內會斷斷續續地放送幾分鐘。機械室再度陷入沉默。

澄子耳中，只有自己的心跳聲。

千代開口了。

「ㄓㄠ ㄏㄜˊ——？」

四　各自的未來

「ㄓㄠ ㄏㄜˊ——？他剛剛是這樣說的吧。」

「年號變了嗎？天皇陛下他……」

澄子打住了。在位中的天皇駕崩，這種話對於女學生來說是大不敬，根本說不出口。

「澄子小姐，月曆！」

千代大喊，澄子於是慌慌張張地從自己的包袱巾中取出少女雜誌，翻開封底後的那頁附有月曆。

可是，它不可能告知讀者「昭和五年」何時會來啊……？

「放送的最後說九月二十六日星期五對吧。妳聽到了吧？」

「是、是的。」

「今年的九月二十六日是禮拜一，落在禮拜五的九月二十六日會是在……呃，中間還有一次閏年，是三年後！三年後呀！」

千代即刻計算出來。

「千代小姐，可是，呃，他說昭和五年，因此所謂的三年後……」

澄子畏畏縮縮地對她說。

「說得對啊！妳太棒了呀，澄子小姐！也就是說，這廣播是來自九年後，或甚至更久之後呢。」

用減法一算，會得知「七年前的震災」發生在大正十二年，短短兩年後——就在這時……

遙遠某處傳來含糊的、竊竊私語般的聲音。

「又在放送了呀！」千代將耳朵抵住擴音機。澄子也照做。

喇叭型擴音機只傳出沙沙沙的雜訊，聽不到任何隻字片語。兩人的臉又湊得更近了。

接著，

砰！有人粗暴地打開了機械室的門。

「老師！」

兩人大叫。

「妳們兩個！到底在神聖的校舍內做些什麼啊！」聲音並不是從擴音機內傳出來的。是教師們聽說千代和澄子簡直每天都在密會，於是跑來這裡巡邏。

而教師眼前的兩人，待在擴音機旁，臉近到嘴唇幾乎要相觸的程度……

校方遵循前例，禁止澄子和千代在學校交談，他們還收回千代的舊校舍機械室使用權。

千代遷離時，大家針對機械室那堆奇怪機械的處置方法進行了各種議論，不過帝大工學院提出了接收機械室內物品的申請。

女學校的老師們根本想不到這些機器是千代製作出來的無線機，誤以為是帝大時代的備用品，於是毫無異議地決定移交機器。

前來領取打包好的無線機的人，是穿著立領制服的男學生。澄子撞見他在校門外和工友對話，覺得他的聲音有點耳熟。八成是當初用無線機和千代交談的櫻井吧。他或許利用這個轉機，守住了千代的寶物也說不定。

接著，時間一年一年過去，千代自女校畢業了……

「手忙腳亂的，真是失禮啊。」

澄子端茶給千代。

「澄子小姐，我才失禮呢，這樣突然跑過來。」

女學校有「穿和服搭配袴」的規定，而千代以前還算是會乖乖遵守，不過畢業後，她穿洋服加上褲子，帽沿拉低一點看起來就像個男孩子了。

隔壁房間傳來她家人忙亂打包行李的聲響。

「我們正在準備搬家，決定遷到櫪木去，在那邊有親戚可以照應。」

「哎呀呀，這樣我會很寂寞呢。」

「不過這房子很老舊，要是大地震來的話……對吧？」

澄子微笑，而千代露出嚴肅的表情。

「欸，澄子小姐。那天聽廣播聽到的事情，妳現在還是相信它會發生嗎？後來我又試了幾次，結果都無法再次接收那電波呀。」

「試了幾次，是在哪試呀？」

「帝大實驗室。」

千代悄聲說，而澄子應聲：「啊……」她似乎明白千代為何要打扮得像個男孩子了。

「我是不懂機械啦……不過，說我相信放送的內容不太準確，我相信的應該是千代的生存方式才是。」

澄子說完，伸手擋在嘴邊，然後輕聲細語。

「我拜託父親推掉對方的提親。因此我們只好把房子賣掉了。」

「哎呀，沒想到妳設想得這麼周到呢。我可是沒忤逆過父親大人喔？至少表面上沒有啦。」

兩人笑了。

「我可能也會在近期內離開帝都呢。但我起碼會想寫封信給妳，可以告訴我妳在櫪木的地址嗎？」

在不久後的未來，澄子會寫信給千代吧。

她想在那時候，送一段《徬徨少年時》的文字給對方。

任何人的人生，都是朝向自己前進的道路。是在錯誤中摸索的道路，是定睛凝看才會注意到的小徑。然而，至今還沒有任何人成功地成為自己。儘管如此，一百個人當中有一百個都還在進行這方面的努力。

那是澄子最喜歡的一段話。

令和二年的箱男

二〇一八年很流行一種叫Vtuber的東西。

表面看起來只是CG角色圖，但3D模組會即時和人類的動作同步，能在直播時展現出有人味的表情和動作，也能當場回應觀眾的留言。

如此一來，他們會比立足於腳本上的動畫角色產生更為強烈的實際存在感，對觀眾而言似乎會成為更有現實性、更貼近自己的存在，因而產生吸引力。

有幾個Vtuber變得很有名，甚至會上電視節目和拍廣告。看到這情況……

「我好像也辦得到呢。」

我產生了這種想法。

首先是視訊鏡頭。用來捕捉我的動作。我原本就有的設備。

認知我的表情或四肢動作的程式。免費的滿街都是，輕輕鬆鬆（指的是跟我自己從零開始做相比算是輕鬆）就能拿來用。

讓認知到的動作反映到3D模組的方法。Unity我還略懂，所以沒問題。既然這麼有人氣，相關的技術解說文也能找到許多。

問題在於3D模組本身。

披戴上CG做的身體、「化身」為某人是這整件事的要點，因此不能使用免費素材，發案給別人解決也不怎麼好玩。弄個簡單的就行了，我決定自己做做看。

我打開建模軟體，畫了一個直立長方體，塗上近似人類皮膚的黃色，然後就停手了。

本來，我應該要進一步讓它長出手、長出腳、長出脖子、進行細部設定才是，但我到底想讓這個箱子發展成什麼樣的形象呢？我沒有任何展望。

這陣子的世上，有許多人想要化身成虛擬美少女，我會想要欣賞、從中獲得享受，但並不會想變成那樣。美少女大概有美少女該下的苦功，她們大概是克服了種種困難最後才獲得美少女特質，跳過那些階段只借用造型感覺好像不太對。說是這樣說，要我改當美少年也不太對。

思考一陣子之後，我發現了：我沒有「想成為的對象」。

我有各種想做的事，現在就在打造流行的Vtuber，不過我只是想要做出這個，並不是想要成為什麼。成為某人後，某些現實問題會自動緊跟著我，怎麼想都覺得很麻煩，於是忍不住會想：我只想待在離那個世界很近的地方，看著它就夠了。

回顧過往，我的人生大致上就是這樣的感覺。學校、工作、戀愛，都是類似的調調。

我對製作遊戲一直很感興趣，但我並不是想當我們公司的員工才當的。真要說來，我跟公司內部的人際關係算是不對盤。偶爾看到個人製作、性格特異的獨立遊戲，我總是會不顧自己生活安定的立場，冒出「好羨慕」的念頭。他們並不想成為什麼，只純粹追求製作這個行為。

我和彩花之間的狀況也一樣。

老大不小的男女交往滿三年後，再怎麼樣也會聊到結婚這件事。我知道這是現狀自然延伸所得的結論。但要我為我們的關係賦予法律性、社會性的地位，我實在無法接受。

和她一起度過的時間很開懷，但「成為她的某人」這件事和我的神經產生嚴重的摩擦。每當這種氣氛冒出來的時候，我都會一點一點地遠離她，最後像逃跑似地分手了。那是去年的事。

聽說男人比女人更容易對前任感到依依不捨，但至少我完全沒有那方面的執著。事到如今回想起來，我並不覺得那個選擇做錯了，一點也不覺得。

我同時也不覺得是正確的。

我只是，覺得我沒有辦法。

雙方為了彼此一點一點產生變化，就是所謂的模範夫妻吧。我一定沒辦法像那樣改變。

自己保持匿名、不變的符號性，在不斷變化的外部環境中走跳，就是我這個人的本質。這平坦、沒有個性的箱形物，感覺才是我的完成體。

明明只做得出一個長方體，我卻莫名達觀呢。

說是這樣說，再這樣下去我會無法體驗「製作Vtuber」的一連串作業。總之我先嘗試讓這個長方體和我的身體同步看看了。3D模組整體而言不像人類也沒關係，只要在裡頭放入骨架，動是會動啦。我左右擺動身體，箱子也會左右擺動，我轉圈圈的話，箱子也會轉圈圈。

是還算有趣，但實在是看五秒就會膩了。

我原本想做手，但肩關節設定很困難，所以先裝了雙腳。

光是讓沒有膝蓋的兩根棒子抖來抖去，就莫名產生了躍動感，或者說是生命力？那樣的氣息飄了過來。在我看來，他不那麼像長腳的長方體了，更像是膝蓋以上被瓦楞紙箱蓋住的人類。

安部公房的小說寫過這種傢伙呢，我心想……

「虛擬箱男」。

所以我取了這名字。

沒有凹凸的身體。沒有表情的長方體。

對，這就是我。

我拍了箱男光是在房間內不動走動的影片，搭上免費音樂網站抓來的〈裸體歌舞〉[1]……

「虛擬箱男Virtual Box Man」

然後我以這個標題投稿到YouTube上，說明欄位只寫了：「這是我第一次傳影片。」

播放數到四〇左右就停了。也沒收到什麼留言。

那也是當然的。我以我的方式放了思想性到動畫中，但只看到這畫面的人根本不可能接收到什麼。

不過呢，總而言之，「打造Vtuber」的目的就這麼完成了。如今風靡於社會的事物，是這種作業延伸出來的，我成功體認到了。

我的雙掌之間湧現了小小的成就感。感覺只要握住這種隱約的快感，我就能一直活到死去那天。不成為什麼要角也沒關係。

即使年分、年號改變了，我還是會偶爾想起虛擬箱男，啟動它，稍微動動看它的身體。它身上那一片空白的平面，比鏡中映出的我，還適合當作我的臉。

我是沒有面目的箱男。只有這個認知，能夠肯定我的生存方式。

二〇二〇年新冠病毒大流行。

所有活動都停辦了，四處都有人叫囂：「要避免沒必要、不緊急的外出啦。」

我原本就是有點繭居族調調的遊戲玩家，疫情沒為我帶來什麼障礙，但某一天，公司終於對我這麼說了：「別來公司了。」似乎要改成遠距上班還是什麼在家上班之類的。

實際開始這麼做後，「在家化」迅速普及，程度幾乎令人產生疑問：之前為什麼不這麼做呢？平成初期，專家預測未來時對大家說：「網路普及後就會演變成這樣。」但那樣的未來一直沒來，最後促成它的不是技術人員也不是大老闆，而是病毒。公司告訴我，可以拿公費購買在家上班用的設備。

還真是大排場啊。似乎是因為上層預料這個時局會為遊戲業界帶來大幅的利潤成長，因此以公司福利的形式回饋給員工。我立刻下訂了八萬日元的椅子。學生時代在宜得利花五千日圓買的椅子，總算迎來了退休的時機。

四天後的星期一，戴口罩的佐川宅急便配送員謹慎地打開了家門。

他將簽收單和原子筆遞給我，感覺萬分疲累地對我說：「簽姓氏就夠了。」他說話的期間，我的眼睛也死命緊盯著玄關外的瓦楞紙箱。

1〈裸體歌舞〉：法國鋼琴家・作曲家艾瑞克・薩提的鋼琴曲。

那裡擺著箱男的身體。

我的身體。

我的身體總算送達了，我心想。

我急忙拿出剪刀，剪斷黃色的塑膠繩。結構是這樣的：堅硬底板上擺著椅子，上頭以瓦楞紙箱覆蓋。

我把箱中取出的椅子先擺到一旁，將瓦楞紙箱套到頭上。

裡頭散發著紙和糨糊的獨特氣味。

箱子左右開著手提用的孔洞，些許光線從洞裡漏進來，箱子內側隱約浮現土黃色。

剛剛好。

有貼身的感覺。不是密合的意思。身體和瓦楞紙箱之間的微妙距離，在我自己和外界之間創造出恰到好處的空白。再近一點就會沐浴在世界的熱度中，再遠一點就會脫離社會。是這樣的一種空白。

維持現在這樣會看不到外頭，因此我用原子筆在正面戳了兩個洞。我拿出兩支舊智慧型手機，鏡頭朝外，試著將它們拍攝到的畫面傳送到ＶＲ眼鏡。

狀態比我想像中好。鏡頭的左右視野角度不一樣，但只要調整好這部分，簡直會像是望穿紙壁。

我披戴著瓦楞紙箱，在客廳地板上靜靜坐了一會兒。望出三樓窗外，可以清楚俯瞰下方道路。車水馬龍不是以現實的狀態映入我的眼中，而是作為一種遊戲畫面顯現。彷彿我衝到那輛車子前面也未必會怎樣，只要抓對時機壓下類比搖桿，就可以全身而退。

我站起來，試著走了幾步，發現我果然無法光靠手就固定紙箱，它畢竟覆蓋了我的上半身。每走一步，箱子就會搖搖晃晃地傾斜，黏在上頭的智慧型手機鏡頭隨之擺來擺去，VR眼鏡中的視野也猛然震盪。

這樣實在不行，因此我稍微做了一些勞作。我在紙箱內側頂端黏了一個軟墊，位置剛好覆蓋住頭部。安插一根棒子，作為肩墊。切出小小的切口，穿過打包用的塑膠繩，當作握把。視野還有點搖晃，不過勉強可以接受。壓在頭上的重量不知怎麼地，很令人舒服。

挺不賴的吧。

我開始想照鏡子看看了，但廁所太窄，披著箱子進不去。

這棟公寓的電梯應該有全身鏡。我走出了玄關。

我在接觸得到戶外空氣的走廊上，和一名女性擦身而過。她在口罩上加戴透明的面罩，胸前掛的牌子寫著「空間除菌」，用困擾的眼神看著我。我發現自己的箱子占據了狹窄走廊的大半……

「哇，對不起。」

我慌慌張張地往扶手靠過去。女性向我點了一下頭，用橫著走的方式穿過牆壁和我之間的空隙。我看到她左手捧著面紙，右手捧著衛生紙。

電梯一直不來。

樓層顯示數字停在十四樓，之後又停在十二樓。

公寓居民根本不可能在中間樓層下樓，因此抵達三樓時裡頭應該會有人。這樣就傷腦筋了。鏡子會照不出箱男的全貌。

我不經意地望向外頭的馬路，發現狹窄的T字路一角立著曲面鏡。

與其等無人的電梯，還不如去那裡，感覺會比較快。

我走下積了灰塵的緊急逃生梯，移動到公寓腹地之外。三月的風還很冷，只吹在自己腳上的感覺很不自然。

然而，這招也不順利。

曲面鏡的功能是映照出岔路再過去的車輛，並沒有「映照出使用者本身」的定位。

而且我的視野受限，腳的可動範圍也很窄。

我慎重地尋找位置，小心避免被緣石絆到或不小心跨到車道去，結果……

「那邊那位，你在做什麼？」

有人從後面對我說話。

我反射性地轉過頭去，結果視野幾乎沒有移動。對喔，我的眼睛是固定在箱子內側的智慧型手機攝影機，因此我不能只轉動脖子，要整個人往後轉才行。我慎重地旋轉一百八十度，小心不讓箱子磨到圍牆。

是警察。

有兩名。騎著腳踏車。戴著口罩，臉看不太清楚，但兩個人都是年輕男子。也許他們有應對可疑份子的操作手冊吧？一把我當成盤查對象，其中一個人便極其自然地繞到我背後來。

正面那個人看著我的臉，或者說盯著我的箱子看了一陣子後……

「呃，能不能先請你脫掉那個呢？」

「我是在預防感染。」

我一開口，警官便露出嫌麻煩的表情：「哎呀。」

病毒的危險性成為話題後，大家都開始運用各自發想的辦法預防感染。搶購和轉賣口罩者橫行，「酒精和次氯酸水哪個比較好」之類的事情成為情報型綜藝節目的話題。有人把資料夾加工成面罩，有人戴上透明塑膠容器，也有人足不出戶。

因為是那樣的時期，「披著瓦楞紙箱外出」這種程度似乎還在警官的料想範圍內。

「可是呀，你看，步道很窄，你打扮成這樣很危險啊。」

「你在說什麼啊？病毒才比較危險不是嗎！」

我不放感情，只扯開嗓門說話。隔著箱子似乎無法把氣勢傳達給警官，他的表情不怎麼驚訝，傻眼的成分還比較多。

「可以讓我看身分證明之類的嗎？」

我從口袋裡的錢包取出社員證，從箱子下緣遞出去。

警官想要比對臉部照片和我的臉，盯著我全身看了一輪，不知道要看哪裡才行。我並不慌張。透過ＶＲ眼鏡觀看，我得以將警察包夾我的狀況設想成遊戲場面。我的右手無意識地按著「跳過對話」按鈕。

「哎，在這種時期，會變得神經質也是沒辦法的呢。」

對方這樣說，歸還我社員証。雖然沒看見我本人的臉，但身分確認程序似乎結束了。

「總之呢，別用攝影機啊。」

他說完指了一下我的箱子。手指在我看來異樣地放大了。從外頭看似乎也看得出箱子裡有攝影機。

「不用攝影機，我就看不到外面呀。」

「你在錄影吧？」

「沒在錄影，我只是把畫面即時傳到VR眼鏡而已。」

「……問題不在於你是不是正在錄，而是你能夠錄。」

「在公共道路上攝影應該不會有法律問題吧？行車紀錄器不就可以嗎？」

我刻意模仿愛講理的角色說話。

多麼不可思議的感覺啊。我原本是不擅長說話的人，在會議上就算有人說錯話，我也會不禁被對方氣勢壓倒，沉默不語。我感覺這個箱子做的身體強化了我的心靈。

「你住這附近嗎？」

「就住在旁邊的公寓。」

「可以看一下你身上的東西嗎？」

「你這是任意性的搜查嗎？」

這種比賽誰有毅力似的問答持續了一陣子。我如果不採取會被認定為妨礙公務的行為，警察能做的事情應該不多。

就在這時，一輛車子從我們旁邊開過。

「啊。」

其中一個警官出聲了。

「那邊的車子，停下來。往路邊靠，然後停下來。」

他們兩個都騎著腳踏車，追了過去。那人大概是無視了停車再開的標誌吧。我悠哉地離開那裡，警官只瞄了我一眼。

我決定趁難得的機會，繼續在這附近散步。自己映在曲面鏡內的模樣到底是什麼，我已經不在乎了。這就是我的身體，我是在社會上足以受到尊重的市民——瓦楞紙箱內充滿了我的確信。

我移動到大馬路，走在通往附近公園的路上。

車道上的司機會用錯愕的眼神看我，但並沒有特地為我踩煞車。有誰走近我，我就當場坐下，讓對方先通過。顯眼歸顯眼，大多數人都會直接經過，不把我放在心上。最近原本有許多人基於和我相同的原因買了大型家具。路上就算擺著瓦楞紙箱也不是什麼怪異的光景，只要它沒長出腳來走路。

沿著水溝種植的一排排櫻花樹，散發出春天的氣息。

每年慣例的公司賞花活動，今年只能停辦了吧。那不是什麼開心的活動，停辦真是天謝地。

隔天早上打開推特一看，我的身體被轉推了六萬八千兩百八十六次。

「我家附近的全家冒出了史內克[2]。」

有人搭配這樣的內文，上傳了箱男的影片。長度二十秒，就只是在便利商店停車場走路而已。是我家附近的全家。

什麼也沒印的瓦楞紙箱下方伸出兩隻腳拖著地走路，彷彿在比劍道。雖然不記得自己用那種方法走路，但在視野狹隘的情況下為了避免被減速墊絆倒，我似乎自然而然地採用那種方式移動。對方似乎是從馬路對面拍的，行車閃過鏡頭前方好幾次。

這傢伙真過分啊，我心想，然後看了他的推特個人檔案。「我這一生好想成為金色豎鬈髮的大小姐。」上頭這樣寫著。你的人生不重要，隨便啦。

我爬下床，到洗手台洗臉。鬍子變長了不少，但我放著不管。反正都長在口罩擋得住的範圍內。

好啦，這下該怎麼處理這傢伙呢。

2　史內克：遊戲《潛龍諜影》系列的主角，會靠紙箱潛入敵營。

我又看了一次他上傳到推特的影片。播放數已經過七十萬了。擅自拍我的影片這件事，嗯，就原諒他吧。雖然是偷拍，但要是這樣說他，我趕走警察時搬出來的道理就會說不通了。只要沒拍到箱內的臉，我也無法揮舞肖像權那套說詞。

不過呢，被人當成《潛龍諜影》的索利德．史內克，我似乎不太甘心。史內克戴上瓦楞紙箱是為了躲避敵人，但我的瓦楞紙箱是我的身體。使用道具相同，但意義完全不同。這傢伙根本不知道我這麼做的主旨，他發布的情報卻擴散到這種地步。真是狗屁不通。

我邊脫睡覺時穿在身上的運動服邊開冰箱門。冷藏食品的儲量見底了，兩片不知何時冰進去的吐司結著霜。有乾燥的義大利麵條，但沒有醬。不管想要吃什麼，整體而言都會缺料。我披戴上客廳角落擺著的箱子，坐在地上思考了一陣子。

我無法下定決心化身成箱男外出。錯誤的解釋流傳出去，我又沒有訂正的機會，披著箱子出去感覺只會助長錯誤。

說是這樣說，不披戴箱子出門也很可怕。來路不明的病毒正在蔓延，讓沒被蓋住的肌膚暴露在病毒之中，怎麼想都太沒防備了。

就這樣猶豫了老半天後，我終究裹足不前，變成走不出家門的人了。

我暫時靠Uber Eats度日。請人定期配送冷凍食品比較划算，因此我改走這個路線。這類服務勢如破竹地成長完備，我打定主意足不出戶後，生活變得相當舒適。雖說是遠距工作，但值勤的時間是固定的。吃完早餐就工作，吃完中餐再工作，吃完晚餐後維護箱子，然後就寢。禮拜六維護箱子，禮拜天維護箱子。另外還有稍微玩玩遊戲，然後維護箱子。

我在背面鋪了一層薄薄的氣墊，往後一倒就能直接當床使用。起先空氣很悶，於是我在箱子兩側挖了大一點的洞，再貼上尼龍網布。腰部附近裝了一些可放小東西的口袋。無線訊號實在無法貫穿瓦楞紙箱，因此我開了一個小孔，用來牽USB線。放棄VR眼鏡，改將iPad貼在箱子內側，整個空間一下子變得像戰鬥機的駕駛艙。目前這樣重心會偏移，因此我在另一側裝上了行動電源。

然後呢，內部儘管充實到這種地步，從外側看來仍然是幾乎什麼也沒印的瓦楞紙箱。

這無名性是我講究的部分。

在我搞這些的期間，箱男在網路上的存在感越來越大。這沒人說話的二十秒影片跨越國境，不斷被任意轉載，不知不覺間，箱男已成為世界知名人物。

英語圈流傳著一張趣圖，是「BEST DRESS 2019／2020／2021」的字樣搭上三張照片。「2019」是穿著洋裝的白人女性模特兒，「2020」是戴著口罩的群眾。「2021」，也就是明年，搭配的是化身為箱男的我的照片。

在公共設施配戴口罩成為義務，而面對這種文化感到不習慣的歐美人……

「現在只是要我們戴口罩，遲早連這種打扮都會變成義務啦。」

似乎是利用那張圖在進行政治諷刺。箱男那彷彿隨時會倒下的丟臉行走姿態，和二○一九年的模特兒站姿並列，呈現出鮮明的對比。

別把別人的身體當作「糟糕的未來」的範例啦——我雖然想這樣說，但我找不到訴苦的對象。我的箱男應該體現了匿名性才對，卻被無數的匿名者指名，感覺真是顛三倒四。

真希望他們趕快玩膩，我心想。又等了一個月，事情卻不斷進展，並沒有止於網路迷因。

「『社交距離箱』正在歐洲各地大為流行。」

國外新聞翻譯網站刊著這麼一篇報導，貼出大量照片：上頭都是披戴瓦楞紙箱的男男女女，在封城後空無一人的城鎮內牛步前進。

他們呈現出的類型也很豐富，有人和我一樣只單純在上半身套了箱子，也有人只罩頭部，還有人在手腳也套上箱子，簡直像Minecraft[3]。要說厲害的，還有把自己和植物裝進透明壓克力箱的傢伙，說這是「永動機」。

新聞翻譯懶人包網站也以小篇幅報導，收到這些回應：

「日本人想不到的點子。」

「不愧是自由的國家。」

「不通風，所以我覺得在預防感染方面會收到反效果。」

「叫超級電腦富岳計算一下吧。」報紙專欄並舉川普總統的墨西哥邊境牆和這些箱子集團，談論「斷絕的時代」和那一類有的沒的。

我用DeepL翻譯海外新聞網站的內容，持續追蹤箱男在海外的擴散。

五月七日。蒙特婁已頒布外出禁止令，但有女性披戴箱子外出，遭到警察罰款。

「這是我家，我並沒有外出。」她如此解釋。

五月十一日。洛杉磯有一名男性披戴箱子外出，警方懷疑「箱內藏有槍支」，朝他開槍。男子被送到醫院，保住了一命。

五月十三日。同市舉行了抗議警察惡行的遊行，參加者幾乎都披戴了箱子，並將中槍男性的臉部照片印出來貼在箱子上。

3　Minecraft：知名的沙盒遊戲，遊戲世界主要由3D方塊組成。

五月十六日。州長表示：「建議民眾使用透明的箱子。」

五月二十七日。披戴箱子的遊行隊伍登上《時代雜誌》封面。

到了這階段，箱男流行也分支到日本來了。情報型綜藝節目在澀谷站前廣場做了「緊急事態宣言發布中的東京，箱內妹子正急速增加？」特輯。

推特上常見的職業不明的人寫道：「SDB原本是為了抗議封城才誕生的，後來還引發槍擊事件。日本媒體卻把它當成有趣的時尚來報導，真是沒救了啊。」

我試著Google了一下SDB，發現似乎是社交距離箱（Social Distance Box）的縮寫。箱男，老早就不屬於我了。

●

梅雨來臨的前夕，彩花傳了「好久沒聯絡了」的訊息給我。

我滑一下畫面，先前的對話已經是三年前了。「妳放在我房間裡的毛巾，可以丟掉嗎？」「可以喔。」這樣的內容。原來如此，很久沒聯絡了。

「好久沒聯絡啦。」

我沒多想，直接送出同樣的句子。她似乎早就準備好了，立刻丟了下個句子來。

「我們公司的辦公室遷離原址，搬到你住的地方附近了。說個一聲。」

「這樣啊。」

我用聊天機器人似的速度回應，然後心不在焉地看著「說個一聲」這團漢字。有這個四字成語嗎？我思考了一下。並沒有。

現在她在等待的，是我的這個回應：「那要不要久違地聊個天？」她自己開不了口，因此非得營造成「我只是要提起一個客觀事實」的形式。就我記憶所及，她是這樣的人。

「那邊地價很高，所以改以居家工作為主的話，還是搬走比較好吧。」我也傳了一個客觀事實給她。

「你那邊怎樣？現在還是住在那裡嗎？」

「對啊，幾乎不外出。」

幾乎，是比較婉約的說法。我最後一次跨出公寓範圍外是一個月前。

「工作順利嗎？」

「應該順利吧，雖然沒什麼確切的感覺。你們應該很辛苦吧。」

「好像還挺得住，真意外呢。店鋪的業績減少了，但我們也有在做網購。」

「是喔，那真是太好了。」

我一邊進行這種淺薄的對話，一邊小口小口啜飲一次買了一整箱的威金森氣泡水。她現在八成欠缺了某樣東西，要我為她補充。我八成能給出她想要的。不過，我就算給她，也改變不了什麼。期待那樣就產生變化，有如在沙漠正中央放一桶水就期待綠意萌生。

我說我一直在吃冷凍食品，結果……

「會搞壞身體喔。」

她馬上這樣回。我向她說明：「我現在吃的冷凍食品是定期配送過來的，組合有考慮到營養均衡，比外行人自炊還健康多囉。」結果……

「我久違地煮些東西給你吃吧。反正你一個人也沒在打掃吧？」

她來這招。

原來她會那樣說話啊。

開始會那樣說話了啊，我心想。

我不知道她這三年發生了什麼事，但她身上似乎起了小小的變化。

她和我不一樣。

「既然如此，我有件事想拜託妳。」

三年不見，她的妝比以前更厚了一些。也許只是我太久沒親眼看到別人了，才覺得她的妝偏厚。

「我要披上這個瓦楞紙箱，在那個全家的前面走路。妳幫我錄影。」

「什麼鬼啊。」

她嘴巴上那樣說，卻還是點了點頭。看得出來，她是這樣領會的：你又要搞一些怪事了呢。

「你現在在做這種遊戲嗎？」

「妳不知道嗎？不知道披著這種箱子的人？」

「我第一次看到。」

我還以為箱男的話題傳遍整個網路，結果只是我特地找相關話題來看罷了。不過，這點如今並不重要。

我的箱子內裝和起初相比，變化相當大，但外表還是一片空白。

我在家查看彩花傳來的動畫。

還是一樣拖著腳走路，披的箱子、經過的全家分店，顯然都跟最初的影片相同。

我打開YouTube。首支上傳影片年分為二〇一八年的「虛擬箱男」帳號，是我擁有的帳號。影片的播放數仍然只有幾十次。接著，我只要把剛剛請人拍的影片傳到這裡就行了。

只要有這個，就能證明網路上擴散開來的箱子造型始祖是我。

而且還能傳達一件事：早在病毒災厄來臨之前，我就已經想到這點子了。

箱男就是我，除此以外的任何人都不是箱男。我要昭告全世界。

如今風靡世界的箱子文化，是我創造出來的……

思考到這裡，我就罷手了。

「箱男成為世界性運動，而我想成為唯一一個原創者？」真的是這樣嗎？不是吧。

我根本不想成為什麼人物。我只是想打造箱男罷了。

●

下了漫長的梅雨後，酷熱的夏天來了，接著是颱風的季節。一個個都是瓦楞紙箱的天敵，箱子徹底不管用了。

連眼睛都看得出白天變短了的那陣子，我再度披上箱子，開始往外頭走。

走下積了灰塵的緊急逃生梯，跨出公寓範圍外。十月的風已經很寒冷了，但只拂過我的腳四周，感覺很不自然。

街上風景沒有變化。曲面鏡立在原本的地方，全家便利商店也照常營業。大家都以口罩遮蓋臉，走動、工作，並且玩耍。世界原本應該是冒出了一個致命的程式漏洞，卻只用一塊補丁修正，就繼續運作了。

我經過派出所前面，但警官只瞄了我一眼，什麼也沒說。箱男不再是可疑人物，而是某種落伍的事物了。它只流行一次，世界就對箱子產生了免疫。

我有繭居族的體質，但箱子裡給人在家的安心感。只要捧著這身體，我覺得我就能走到任何地方。

大樓夾縫的土堆或河岸邊，都曾是我過夜的地方。箱子表面的防水處理也做得很萬全，因此只淋一點雨的話還過得去。

我絕對不算是成了遁世者。我依舊是個公司職員，如今也會窩在箱子裡，坐到公園的長椅上，用手機訊號上網，連接到職場的Slack[4]。龜在家中的生活創造了更大的遊戲需求，業界現在忙翻了。

4　Slack：即時通訊軟體。

戴著市松紋口罩的男孩子，在公園的另一頭指著長椅上的我……

「欸，那邊有人喔。」

他這樣大喊。

「喂，不可以指別人。」

母親將他的手壓低。

如今，我是沒有名字的某人。沒有人知道我是誰。

我的雙手掌心湧現了隱約的喜悅。而我安靜地握緊它。

改曆

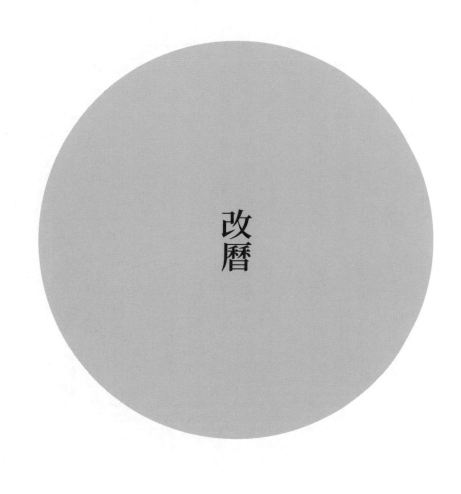

關於蝕的預報越多越好。

只要某個日子有點可疑，總之就該上奏皇帝，說日蝕要來了。這就是李復圭在帝都天文台學到的第一件事。

「做出那種預報結果失準的話，不會演變成嚴重事態嗎？」

他問上司劉和。

「不要緊。如果太陽沒缺角，只要說善政讓我們免去日蝕就行了。皇帝反而會很高興。」

劉和的身軀巨大得不像漢人，他從上方俯瞰李復圭，若無其事地回答他。李復圭露出不服的表情，劉和便用譴責罪人般的眼神說：

「沒有被預報到的日蝕，才是絕對要避免的。那才會演變成大事件。」

「會怎樣？」

「一個沒弄好，我或你的項上人頭就會飛走。」劉和用他巨大的右手敲了敲自己的後頸部，咚咚咚。他指的不是解雇，而是解剖學意義上的斬首。如今蒙古皇帝已支配了塵世一半的土地，對他來說，漢人的首級肯定比馬腿還要無足輕重。

自然界的動向，與為政者的品德相關。

自古以來，中國人都是這樣想的。

乾旱、洪水、蝗害等一切天災，都是皇帝的惡政導致的。皇帝身上寄宿著天命，是維繫天界與人界的存在。這也是「天子」一名的由來。

尤其日蝕，眾人視之為天帝意志到塵世的手段，另眼相看。

「這一天會有日蝕。」

政府事前做出宣言，就等於顯示了一個事實：皇帝是天子。如果無預告的蝕發生了，人民就會覺得，現今皇帝身上會不會沒有天命寄宿？如此一來，連國家權力的基礎都會受到動搖。

支配中國的異民族也繼承了這一類天人相關的思想。

尤其是蒙古皇帝忽必烈汗，他比誰都清楚，光靠武力無法完成祖父成吉思汗那一代延續至今的夙願：征服宋朝。因此他才在自己統治的領域內訂出「大元」這個漢人風格的國號，積極吸收漢人文化，意圖掌握這個蒼天之下人口數最多的民族。

忽必烈的這種心態在消滅宋朝後仍維持了下來。他不斷自新併吞的領土內找出優秀的技術人員或匠人，一個個聚集到元朝首都大都。

李復圭出身於臨安的占星術師家族，大都也把他招諭過去，作為該事業的一環；他開始從事天文觀測與曆算。作為亡國者，他算是境遇不錯的。

然而，預測日蝕並非易事。

根據史書，透過天文觀測來預測日蝕的紀錄最早可追溯到一千年前的魏朝。天上存在著太陽運行的「黃道」，以及月亮運行的「白道」。在新月期的白天，兩者一旦接近，月亮就會遮蓋、隱去日輪，引起日蝕。如果是在滿月之夜，就會發生月蝕。

當然了，人無法透過觀測求得肉眼看不見的新月路徑，只能透過事前測定的軌跡間接運算出來。這種數學手續在悠久的天文學傳統之中，也逐漸變得洗鍊了。

隋朝人發現日月速度並不均等，會規則性地變化，於是將這狀況導入曆法中。這是因為日月軌道並非正圓而是稍微偏橢圓，才導致如此結果。貴族時代就得知這樣的事實，我們只能說太令人驚嘆了。

然而，就算鑽研天理到這個地步，如今的日蝕預測工作仍然遠遠稱不上及格。

學者們研讀宮廷蒐集的古老文獻，參照過去的日蝕，以萬全態勢迎接新月之日，結果月亮像走在大路上的醉漢般蹣跚，跨到塵世學者們算出的軌道之外。

像這樣的活動持續了幾百年，到最後，天文官懷著超然之心費盡辛苦抵達的結論便是：

「關於蝕的預報越多越好。」

就是這樣。

李復圭至大都宮廷出仕時，決定在曆法上標示一年有一次日蝕。也就是說，制定一年的曆法時，在白道最接近黃道的那一天標上「日蝕」。

在現實中，一年根本不會發生兩次日蝕。連發生一次的年份都很少了。因此只要多做預報，就可以將實際上會發生的日子全數網羅，是不損害皇帝威信又能保障自身安全的折衷之策。

以天象觀測紀錄為本，如履薄冰地反覆驗算，然後拿同事的計算相互對照。就算得知「應該是不會發生吧」也還是遵從慣例，記下「有日蝕之兆」。

如此一來，一些宮內的例行活動會因而暫停，也會對民間商業造成不少影響，甚至波及遠方軍事活動。天文官們可以想像，龐大的經濟損失會相應而生，但當自己性命垂危之時，沒有人會刻意打破慣例。

這種狀況每年反覆，到最後皇帝、他的蒙古寵臣、在他們底下把持實務的官員們，似乎都隱約理解了天文官的態度。確定一年一次的話，就跟季節性感冒一樣，容易應對。在紙上規則性出現的「日蝕」，並不怎麼反映天空中實際顯現的不規則天文顯像，反而是漢人官吏的拿手好戲。

上司劉和非常照顧下屬，處處為不習慣大都的李復圭設想周到，從宮廷處世之道到日常生活，他都幫到了忙。日用品該到哪間店買、哪條路有盜賊出沒應該閃避等生活細節，他幾乎都逐一說明了。

「你可以把我當作父親，儘管依賴我。」

他這麼說。實際上，兩人確實有父子的歲數差。

「聽人說，臨安之繁華，塵世無都城可匹敵。從那裡過來，應該會感覺到許多不便吧。」

「不，大都才叫我吃驚呢。既然是游牧民族的都城，那應該是一個幕屋群集的村落吧——我原本是那樣想像的，沒想到可以過這樣的生活。」

李復圭率直地說出他原本的印象。

如今他以官吏身分侍奉國家，他和妻子的生活品質比在臨安當民間占星術師時改善許多。當然了，這也和他自己說的話有關：都城本身比他想的繁榮多了。

「原來如此，游牧民族之都嗎。」

劉和豪放地笑了，兩人相對的桌子都晃動了一下。

「的確，我也聽說舊都哈拉和林是那樣的地方。不過呢，在這大都雖然有蒙古人，外加女真人、高麗人、西域人，但占最多的還是我們漢人啊。」

「原來是這樣啊。」

「嗯。蒙古人建造不出可容納百萬居民的都市，是漢族技術人員每天在砌磚、整頓水利喔。」

劉和志得意滿，李復圭見狀「噗哧」失笑，連忙向劉和鞠躬賠不是。

還在臨安的時候，宋朝的官員動不動就大肆吹擂說：「殘虐又不人道的蒙古人把漢人當成家畜對待。」他原本就認為這些人是為了保護自己的地位才這樣說話，敘述的程度都該打幾折，但當他發現事實竟然有如此大的出入時，怒火燒過了頭，反而感受到荒謬可笑了。

接著，他再度確信：祖國會滅亡，是因為天命盡了。讓自己享有現在這個地位的，也是天命。

●

還在臨安的時候，李復圭一族是不隸屬於宮廷的在野占星術師，日日解讀天空星象、占卜該年農業豐歉和準備出征的家人的安危，以此維生。在野之身萬萬不得占卜國家的命運，是嚴格禁止的事項。只有朝廷的天文官能夠做這件事。

不過，他所知的宋代已經走到窮途末路，這點任誰來看都會覺得明顯至極，已經不需要觀星判斷了。

擁立幼帝的宋朝重臣面對進逼的蒙古大軍，卻不做出有組織的抵抗，一天到晚進行宮廷內權力鬥爭。蒙古軍（當中許多成員並非純粹的蒙古人，而是以異民族將領和漢人士兵為編制）南下中原之地，如入無人荒野。持續了三百年的宋王朝命運，最後只和蒙古軍的移動速度有關，被還原成了物理問題。

正因如此，臨安為蒙古軍敞開城門那一天，他極為自然地接受現實，彷彿那已是注定好的未來。他的態度甚至不只是自然，還帶有些許肯定性。

為天命變革感到喜悅的心情，絕對不會浮現到意識表層，但悄悄地埋在他內心的河床中。

因為他們家族原本只是一介占星術師，身分不夠格出仕宮廷。

宋朝官吏，是通過一種叫科舉的學科測驗才被任用的。獲得的地位只限一代，本來並不會構成身分位階。

事實上，這種考試是古代皇帝為了削弱各地跋扈的門閥貴族才採納的制度。它在宋朝奏功，貴族遭到罷黜，中國所有權力都集中到皇帝一人手中。

儘管如此，在一般庶民看來，只不過是世襲貴族被富裕階層大地主取代罷了。科舉是國內男子幾乎都有資格應考的測驗，而成為官吏幾乎是在這國家獲取榮達的唯一方式，因此所有人都會追求科舉之道。結果呢，實際上能夠中舉的只有買得起高價書籍、幾乎把人生所有時間都拿來背誦四書五經的人。

在「連牆壁都滲入書香的家庭」長大的子弟，會在父母找來的家教陪同下，於宅邸內設置的專用學習室勤勉勵學。碰巧坐擁地位的他們，總是會四處瞧不起別人：為什麼庶民不像自己一樣努力，甘於貧窮呢？

然而，宋朝落入蒙古轄下後，科舉立刻遭到廢止。

蒙古人重視天文、土木、醫學等實用學問，對孔孟關於形上學方面的指導毫不關心。不僅如此，他們還認定漢人文化當中只有儒學應受厭棄，將儒者地位排在乞丐之下。就這樣，書香世家的子弟們渾身吸滿古文獻的香氣卻於事無補，失去了榮達之路。

在南方，現今仍有擁戴宋朝皇族的人們持續抵抗蒙古族，但他們肯定無法再度為臨安帶來一線光芒了。這點就跟太陽不會在東邊落下一樣顯見。

受光者由居住在宋的技術人員取而代之。為了統治持續擴大的蒙古版圖、完成仍在建設中的大都，上頭的人召集了他們。通曉天文實務的李復圭在元王朝秩序下獲得的地位，遠比儒學之徒還要高上許多。

這事實對他而言實在太過甜美了，同民族王朝的亡覆成了枝微末節的問題。

李復圭動身前往大都的幾天前，在臨安的大陸上和士大夫的兒子擦身而過。

蒙古兵騎著馬在市內闊步，臨安的經濟活動仍和往常一樣持續著，富裕階層依舊富裕，不過他們的眼睛都明白，太陽已不再為自己升起了。他們的道路原本拓展到地平線另一頭，如今被「蒙古」這塊大石堵住。而那塊石頭對別人而言，是渡過溪谷用的橋梁。

擦身而過時，對方這麼說。

「你真受上天寵愛呢。」

真是滑稽的一句話。李復圭小心地用對方不會注意到的方式吃吃笑了。

那正是自己度過前半生時，對那些人懷抱的想法。

好啦，在新天地的生活展開了。彷彿要佐證那幾個字似的，李復圭的生活八成比任何一位祖先都還要優渥。

蒙古政府賜予天文台人員免稅特權，優待其立場。另一方面，他們不允許在野者發展天文學，將臨安的天文學書籍或觀測器材全數回收，採取天文學者、占星術師全數由國家掌握的政策。天文台職缺滿了後，進不去的學者改任工部官吏，從事水利工程等工作。由此可窺見元朝對天文有多執著，幾乎有點到了偏狹的程度。

正因如此，李復圭才不禁感到憤怒——他們竟然不得不容許「關於蝕的預報越多越好」這種欠缺知性的態度。

製作每年冬至上呈的曆法時，他如此提案

「太陽和白道的位置差了十六度。這總可以標示為無蝕了吧？」

然而前輩會說……

「不能那樣做。」

「剛從南方來的。」

然後依循例年的方式加入蝕的預報。

那天晚上，李復圭用有點粗魯的動作調整漏刻[1]。

「不服氣嗎？」

結果劉和從頭上向他搭話。他想不到該如何回應，沉默不語，劉和於是又說了下去。

「我年輕的時候，也和你有一樣的想法。不然，你試著這樣想吧。假設我們的曆法能夠完全預測日蝕好了，你不覺得那樣對皇帝很失禮嗎？」

1 漏刻：古代的計時工具。

「做出失準的預報、頌讚皇帝的品德才合乎臣下之禮。您是要這樣說嗎？」

李復圭不肯罷休，劉和於是發出低沉的笑聲。

「不，不是那樣。做不出正確的預測，才有禮。」

他只留下這謎樣的一句話，身影消失在黑暗走廊的深處。彷彿在說，剩下的事情自己想吧。

天色完全暗了下來，在路上喝馬奶酒的蒙古兵聲音也止息。只剩漏刻的流水聲格外清晰地迴盪在房間內。天文台人員有好幾個，會輪流小睡，因此房間裡只有他一個人。李復圭思考著劉和的謎題，盯著那水流看。

如果自己是受上天寵愛、因天命獲得這份職務的話，那感覺不合理的日蝕預報應該也具備某種意義才是，不然就不對了。擁有占星術經歷的他，極為自然地往那方向思考。

中國的天文台會使用名為漏刻的水鐘來測定時刻，並記錄水槽中的水透過管子流到隔壁水槽的期間，星星們移動了多少。

雖說是測定時刻的器材，但水的動向並非總是固定。些許漣漪或水滴的彈跳方式總是殊異，從來不會展現出完全相同的樣態。

水會從高處往低處流。那大體而言的運動就跟太陽會由東往西移動一樣，是確定的物理。然而，每個水滴或水流的細微動作絕對不是人類可以預測的。一般認為，這種不可能預測的領域會反映出皇帝的品德，依此運動。善政之年，農地會降下甘霖，惡政之年則帶來洪水或乾旱。

那麼，這同等的不確定性，也非得存在於天體運動之中嗎？

李復圭的腦袋中發出某種東西爆開似的聲音。

原來是這樣啊！他想都沒想就拍了一下手。

假如日蝕可以透過算術進行完全預測，那麼，理應和天體連動的皇帝，其施策也就能夠被我們這些天文官用算術推導出來了。換句話說，這不就等於主張「皇帝是按照算術規則運作的自動機械」？

那樣的確就像劉和所說的，是萬分失禮的行為。

然而，天體的運動如果有人類無法測量的不確定性，我們就會有指出皇帝意志——或者天意的餘地。

就像繕寫用的木簡有寬度那樣，天體運動應該也確保了一定的寬度，才能記下天意或皇帝的施策。既然如此，對一介天文官而言，無法預測那樣的領域才是正解。

李復圭對自己的結論感到滿足，繼續看著漏刻進行天文觀測。那是除了水聲之外，只聽得到老鼠叫聲的夜晚。

蒙古的領土範圍大幅超越漢人自古稱為「西域」的土地，延續到遙遠的西方。

這是人類降世以來，首次有單一體制統一了這麼大的塵世範圍。大多數人原本連塵世有這麼廣大都不知道。

當李復圭足不出臨安城牆、不斷觀星的那段期間，這廣大的世界上發生了幾件遠遠超乎他想像的事。

如同往年預測出的日蝕，又如同往年失準，宮廷也遵循常例宣布「此為善政所致」。然而在即將滿一個月的時候……

「預報沒錯，我們看見了日蝕。」

帝國西方傳來了這樣的報信。

眾天文官大感困惑，不知該如何處置這報告。

從天文學的角度而言，這是各個觀測地點的視差問題。月球靠近塵世，因此才會發生這樣的現象，這在唐代的曆術已曾論及，只是隨著國土跨大，此現象的規模也變大了。

然而，他們已上奏朝廷，說：「忽必烈皇帝的善政免除了日蝕。」這已成確定事項，事到如今不能說他們弄錯了。

西方雖然是蒙古帝國的一部分，但並非忽必烈的統治領域，而是別的汗國。因此那和忽必烈的統治無關——要這樣自圓其說是可行的。雖然可行，但統治那裡的人是他的外甥。前述發言簡直像身為被統治者的漢人公然侮辱蒙古人，因此還是會受到忌諱。

經過多次慎重商討後……

「西域之事乃回教徒管轄範圍，我們漢人天文台與此無關，一概不知。」

他們最終如此定論，說起來就是置之不理。

大都除了李復圭工作的漢人天文台之外，還並存著西域回教徒組成的「回回天文台」。他們會進行自己的天文觀測、製作自己的曆法，然後提交給宮廷，不過那是為了使用於斷食月等回教徒獨有的宗教儀式，漢人們對此並不怎麼關心。兩者的天文學，連最根本的觀測座標系都完全殊異，幾乎沒有見解可以融貫兩者。

在這情況下，李復圭曾基於個人的好奇心，拜託在回回天文台工作的西域人為他解開回曆相關的疑惑。李復圭完全看不懂阿拉伯文寫成的文書，不過一部分天文台人員會說中文或蒙古話。

首先令他吃驚的是，回教徒的曆法中不存在閏月。

月亮圓缺一輪的時間大約是二十九又半天。十二輪會是三百五十四天。這和太陽繞行所得的一年天數相差了十一天。因此漢人的曆法每三年就會放入一次閏月進行調整。

然而，回教徒完全不進行這樣的調整，這麼一來，每過一年季節就會偏移十一天。

「看這種曆，不就不知道何時該播種嗎？」

他問道。季節不僅對務農為生的漢人至關緊要，對於遊牧民族蒙古人也同樣重要。他們會在秋天結束之際勒死那些熬不過冬天的羊，吃下肚。

沒想到，接受提問的回教徒，用有些口音的中文如此回答。

「一年十二個月，是神決定的事情，無法變更。再說，我們的國家位於沙漠，靠經商維生。我們並不播種。」

世界上竟然有這樣的人民，李復圭一時半刻難以置信。大都的回教徒是商業民族，因此精通經濟，在宮內主要負責財務工作。他們完全不喝酒、不吃豬肉，一天向聖地麥加祈禱五次，過著忠實奉行嚴格戒律的生活。

而回教徒優異的天文術，是基於實務性理由才如此發達：他們需要正確計算出聖地的方位。對他們而言，天體運動是一種里程牌，能讓他們知曉自己位於塵世的何處，而不是表示出天意的木簡。世界的動向和人類的命運，全部都已由神授命運（卡達爾）預先決定了。計算的誤差，是遲早必須解決的技術性問題。

由於他們這種不容妥協的態度，就連漢人天文台也煞有介事地流傳著一個說法：

「在預測日月蝕方面，會不會其實是回教徒的曆法比較高明？」

漢人們放棄究明事實，認為日蝕預報「多多益善」，不過回教徒曆法的預報似乎都相當正確地命中了。

看著擺在眼前、自己無法閱讀的阿拉伯語曆法，他不斷苦思該不該問……

（日月蝕預報的情形，又是如何呢？）

最終，他還是避免深入這個問題。

他害怕自己看著漏刻的水流所抵達的答案，會被這些異鄉人潑冷水。在天命的引導下，他好不容易才爬到現在的地位，然而，與自己的文化完全不相容的價值觀，有可能會導致自己的地位遭到破壞。這份不安有如妨礙天文觀測的雲氣，隱隱飄在李復圭頭上。

●

李復圭來到大都的第五年，皇帝忽必烈一聲令下，決定採納新曆法。

聽聞這件事時，天文官們全都面有難色。

聽說新曆命名為「授時曆」，是工部官員根據西域人提供的技術訂定出來的。這經歷，令他們打一開始就感到礙眼。

元王朝意圖獨占天文學，坐擁大量的天文學者官吏，因此不隸屬於天文台的人當中也有許多具備天文學識。然而，工部的職務是建築或水利，徹頭徹尾是掌管人世的單位。天文台有連結天界與人界的矜持，他們並不樂見工部官員對天文說三道四。

漢人從以前就對回教思想感到陌生，因此技術提供者是西域人這點也觸犯了他們的神經。

最令天文官動搖的是：皇帝用明瞭到不能再明瞭的方式，表達出他對天文官的懷疑。

當然了，日蝕預報幾乎是年年失準，皇帝沒道理不滿。要說天文官長年磨練的是天文觀測或計算法等技術，還不如說是在宮廷存活下來的處世術才對。但不管怎麼說，他們長年培養出的曆法就是遭到不屑一顧的否定，這粗暴地傷害了天文官們那形狀變得古怪的自尊心。

由於有那種種經過，天文台的許多人員都大刺刺地嫌棄新採納的曆法。

「數字一點也不美。」

其中一種說法如上。曆法表述天界的秩序，應該要導入易經或音樂的比值——這是起源與占星術通同的漢人天文學，所抱持的思想。

「編纂這曆法的人，一定是極不了解美學和協調的粗野男人。」某人這麼說。這是他們毀謗遊牧民族文化時常用的說詞。

裡頭有「編纂者是漢人，但已被蒙古文化荼毒了吧」的涵義。

主導授時曆制定工作的人，叫郭守敬，是邢州人。

李復圭對那個名字有印象。劉和從前說「大都的建設是漢族技術人員推動」的時候，搬出了這個名字，說他負責水利。據說他透過水利事業贏得忽必烈的信賴，但這次卻是和天文領域有關，雙方會不會有什麼政治性的往來呢？這麼想的人不只李復圭。

「是皇帝中意的技術人員，在那裡多管閒事吧。」

大家雖然沒有說出口，但這種氣氛瀰漫在天文台中。

授時曆採納了郭守敬自己設想的新數理，對高齡天文官而言尤其難以學習。因此，李復圭等年輕天文官成為了曆算作業的中心。對於重視年資職位排序的官吏而言，這曆法彷彿有打亂排序的性質，要他們接納，他們果然還是會心懷不滿。

然而，授時曆的正確度非常可怕。

它精準預測了日昇、日落，甚至連月蝕發生的時間、大小、角度都估得到，一切預測都沒有絲毫誤差，彷彿是預見未來才寫下來的，與現實極為契合。

到這關頭，天文官們都領悟到一件事：自己的態度不能不改變了。

這個由現任皇帝飭令編纂、對任何人而言實力都一目瞭然的曆法，如果像以往一樣在日蝕預報方面失準，那天文官自己的立場終究也會變得岌岌可危吧。反過來說，如果新曆做出正確的預報，便證實了改曆這項施政的正確性。這帶給皇帝的喜悅，會遠遠超過「善政免除日蝕」之類的詭辯吧。

也就是說，如今日蝕預報有可能命中，而且命中比較好。

天文官們在新曆第一年結束前，就推導出這個結論了。

就這樣，「關於蝕的預報越多越好」的習慣消失了，天文官一改先前的激烈反彈，三兩下就和新秩序接軌了。

然而，李復圭的內心並不平靜。

他曾對發布不準確預報的天文台感到憤怒，如今得到正確的曆法，應該歡迎現在的事態才對。這國家重用天文學者，而天文學者總算取得了能讓他們回應國家期待的工具。

然而，他當初看著漏刻水流、建構出的專屬於他的真理，如今已紮根在他腦內，成了穩固的信念。那天晚上，他自己發掘出來的概念——「天意在塵世示現的餘地」到底跑到哪去了呢？

天體的動向，理應是反映出皇帝政策、社會動向的鏡子。占星術的體系是以此為前提建構出來的。然而，天體的動向如今可透過曆法推導出來，它降格成了自動機械。
這麼一來，人類世界的變化不就與天意無關，只不過是源自數理的自動結果？
如果是這樣，這世界到底為何存在呢？

●

皇帝忽必烈，在採納授時曆的十三年後駕崩。
這位巨人斃命後，宋之末裔的王朝應該再度興起吧？有人如此期待，但皇帝尚在世時便持續不斷的小規模叛變雜音，只在華南一帶零星響起。如今帝國的南界已到達海上，一如塵世之路充滿他們的馬匹，海路也充滿他們的船隻。
目前看來，這蒙古盛世還會再持續一陣子吧。
見了年輕新帝的容顏後，宮廷官吏都這麼想。
再這樣下去，世界的每個角落都會受到蒙古宰制嗎？還是說，它會和至今所有誇耀自身榮華的帝國一樣，終將迎來落日？到那時候，自己的地位會有什麼改變呢？天文官談論著這樣的話題，而李復圭在一旁不斷打著算盤。
劉和已經去世，而他自己也即將踏入初老階段。他作為天文官的地位非常高，但曆術相關的所有計算，他都親自驗算，再拿屬下的數值對照。這是為了不遺忘人世的結構。出臨安時，士大夫對他說的那句「你真受上天寵愛呢」偶爾會在腦海裡鮮明地復甦。

那果然是一句滑稽的話。

他這麼覺得，基於跟當時完全不同的理由。

上天並沒有愛。天，只不過是受數理推動的存在。這點已經在他手中化為穩固的實感。這十三年來，天文官釋出的授時曆從來沒有失準的日蝕預報。新皇帝的治世情形如何，遲早也能透過數理正確地推算出來吧。

那個男人失去榮達之路，自己踏上仕官之路，這兩件事都沒有意義存在。人世只是作為數理的結果，不斷受到推動。

在臨安以占星術維生，是因為祖先代代都以占星術師為家業。

遷移到大都當上天文官，是因為蒙古人那樣決定。

如今，像他這樣運作天文台觀測機械，也要遵循事先決定好的程序。

越想越覺得，自己一路走來的人生道路都是被別的事物所決定的。就像太陽或月亮無法選擇自己的前途，人也無法選擇自己的人生道路，只能循著法則推算出的軌道移動。

就連自己指頭的每一個動作，他都覺得是透過某人的計算預先決定好了。他已經無法逃離這種念頭了。

參考文獻

《授時曆之道》山田慶兒　著（授時暦の道／みすず書房）
《增補改訂　中國天文曆法》藪內清　著（增補改訂　中国の天文暦法／平凡社）
《天文世界史》廣瀨匠　著（天文の世界史／インターナショナル新書）
《忽必烈的挑戰　蒙古帶來的世界史大轉向》杉山正明　著（クビライの挑戦　モンゴルによる世界史の大転回／講談社学術文庫）
《成吉思汗與蒙古帝國的腳印》Jack Weatherford　著；星川淳・横堀富佐子譯（チンギス・ハンとモンゴル帝国の歩み／パンローリング）
《科舉　中國的考試地獄》宮崎市定　著（科挙　中国の試験地獄／中公新書）

沉默的小男孩

一九四五年八月、廣島

那些人本來應該已經死了，現在卻一直盯著自己看。

泰德．寇克乘坐著顛簸的軍用吉普車，內心產生這樣的感覺。

占領軍車輛來去的這條道路，比美國的路更窄一些。泰德彷彿撥開人海前進，不管他想不想看，路上的日本人的臉孔都會映入他的眼簾。

捧著包袱的女人，大概是買完東西正要回家。牽手走著的孩子們，應該是在放學回家的途中吧。拉著巨大貨車的男子，也許是終於回到不用再擔心空襲的都會區。

戰爭結束後，他們各自的日常仍舊持續著。

接下來自己會怎樣呢？雖然懷抱著這樣的不安，他們還是得先思考今天要吃什麼。這樣的日子會持續到明天、後天、更久以後，他們如此相信。

這些生活的片段們，只對倏忽通過的泰德投以一瞬間的目光。

然後別開眼。

他們不知道泰德是誰。大概幾分鐘後，就會把剛剛看到的美國人長相忘掉了吧。

坐在吉普車上、戴著眼鏡的年輕白人男子，原本打算令他們所有人回歸塵土，但他們並不知情。接著，他為了自破滅中拯救他們才來到此地，但他們並不知情。

「那個，就是原子炸彈嗎？」

同行的吉米一下吉普車便拿出捲菸。《星條旗報》的記者拿起相機，一面小心避免望向太陽，一面將觀景窗對準青綠色的圓頂。

「我還以為會更大耶。如果是這尺寸，還不如我那話兒呢。」

他笑了，然後將點著的菸指向原子炸彈。

磚造三層樓建築覆蓋著令人聯想到博勒帽的圓頂。它裂開了，有個黑魚般的外殼插在上頭。

世界上首度用於實戰，結果未爆收場的原子炸彈。

全長十英呎，直徑二點三英呎，總重量五公噸。

它擁有細長的槍式外殼，因此代號被取作「小男孩」。

它插中的建築物，名叫廣島縣產業獎勵館。

從戰前到戰中，它一直是這座城市的象徵，受人愛戴。不過如今有顆未爆彈卡在上頭，也難怪沒人靠近。不用美軍出面趕人，獎勵館所在的那塊土地就已經被人拉了一圈封鎖線，上頭以日文寫著「禁止入內」。

當然了，光是市民遠離那塊土地，原子彈也沒有絲毫變得安全一些。裡頭沉睡的能量足以消滅一個城市。

不過，市民們並不知情。

那只是一般的燒夷彈，占領軍如此向他們說明。為什麼要如此萬分戒備地處理一發燒夷彈呢？市民無從詢問。只有對象與你對等時，你才會被迫扛起說明的責任。

同行的吉米，聽說是專門處理爆裂物的技術人員。這是需要細心應對的職務，他的體型卻完全相反，是身高超過六呎半的壯漢。他在途中一再吐痰，老是在搔抓身上某處，釋放的體味混合尼古丁和酒精味。

泰德是原子物理學專家，不是炸彈專家。那顆炸彈雖然是原子彈，不過點火裝置是一般的火藥式炸彈。處置小隊必然會有這樣的人員構成。

然而，泰德打從一開始就看這男人不順眼。

第一，他討厭高大的男人。

第二，吉米顯然瞧不起泰德。不對，他是瞧不起整個原子彈研發小組。賭上國家威信打造出原子彈的曼哈頓計畫科學家，在他眼裡是一群蠢貨，使用不穩定的武器，結果節外生枝。

最要緊的是，泰德難以接受這男人最根本的為人。

就像現在，都要去視察原子彈現場了，他還悠哉地點燃第二根菸。

「怎樣？」

吉米似乎感受到泰德的不滿，叼著菸問道。

「火……」

泰德沒把話說完，但吉米光聽這樣似乎就懂他要說什麼了。

「這玩意兒的結構並不會冒出可燃性氣體吧。」

他用捲起的菸紙指了指圓頂屋頂。

「哎，我知道你想說什麼喔，眼鏡小弟。就算結構上沒有危險，應對爆裂物的人也不該在工作現場抽菸，是吧。但要我說的話，我會說正好相反。」

他用充滿威嚴的低沉嗓音說話。

「在工作現場無法抽菸的那種人，就是不信任炸彈的人。如果會沒來由地感到害怕，還不如完全別碰現場工作，做做文書作業就好。聽好了，我的工作當中最重要的部分，就是信任炸彈。」

泰德聽著他說話，早早就下定了決心：無論如何一定要成功拆除未爆彈。他不想和這男人一起接受國葬，非避免這結局不可。

不對，連遺體都不會存在才是，沒得下葬。

廣島是日本第七大城市。

B29轟炸機幾乎燒盡日本大多數城市，卻有城市不在空襲對象之中。

京都和廣島。

不炸京都，是基於保護文化遺產的觀點。

這座古都可說是日本人之心，如果使它陷入火海，日後要統治日本將變得極為困難。為了使這座島國成為亞洲的反共橋頭堡，非得保全天皇的地位和京都才行。

然後是廣島。

這座都市免於空襲，不是因為京都那種政治考量。美方是為了測試原子彈的威力才留著它不動，說起來算是基於軍事技術方面的關心吧。

如今，那顆原子彈在未爆的狀態下迎來終戰，廣島成為少數能夠呈現戰前日本繁榮程度的都市。

「沒掉進河裡真是好運呢，吉米。」

泰德環顧四周，然後說。一條小河彷彿包圍產業獎勵館似地流經那裡。當初的風向只要稍微有變化，小男孩應該就會落入這太田川之中。

「是嗎？」

吉米邊說邊用衣領擦去脖子的汗水。

「熱成這樣，跳進水裡拆解比較輕鬆吧。」

「不，水是中子減速劑。如果當初槍身進水的話，有可能產生熱中子，引發爆炸。」

聽到這番話，吉米咧嘴……

「你說的是真有趣呢，眼鏡小弟。」

然後呼出一口菸。

「在投下它的那天爆炸的話，可不會有任何問題喔？」

小男孩，並未爆炸。

「糟透了。」

聽聞報告的瞬間，泰德將文件摔到地上。同事們也亂扔馬克杯、踹椅子，然後一起點菸，沉默了整整一根菸的時間。他們不斷吞雲吐霧，彷彿要吸光房間裡的氧氣。

不過他們並未察覺。對美利堅合眾國而言，「糟透了」的起點不是那一天，而是隔週。

九日，落在長崎的「胖子」爆炸了，一如預期。

十四日，日本投降。終戰。

那就是最糟狀況的開始。

廣島坐擁史上最糟糕的未爆彈，而合眾國接下來必須占領統治這座城市、它所在的日本。

小男孩插在圓頂屋頂上，就這麼陷入沉睡。

未爆的理由不明。

原子彈和燒夷彈不同，根據設計，它原本會在抵達地面前，於數千英呎的空中爆炸。這是為了擴展衝擊波，使它觸及廣大的範圍。

會是那特殊設計造成某種缺陷嗎？

還是說，那打從一開始就是原理有誤、不可能爆炸的炸彈呢？

不管怎麼說，原子彈內部沉睡著一百磅的濃縮鈾，以及合眾國的最高機密。

盡早拆解、回收吧，別讓日本國民接觸它，一根手指碰到都不行。

那是麥克阿瑟元帥的命令，泰德他們接下的任務。

「B計畫是什麼呢？」

在開往太平洋的船艦上，泰德向上校提問。他指的是A計畫（原本的計畫）不順利時的替代方案。

「很好的問題呢。你認為該怎麼辦？」

「守住機密是第一要務。」

「當然了。」

上校這麼說，然後將手中的現場照片放到辦公桌上。那是剛剛才在艦內沖洗出來的照片。

「也就是說，碰到無法安全拆除的情況，就讓它爆炸，守住機密。你是想這麼說嗎？」

「難道不該先讓附近居民避難嗎？」

「嘴巴上說說是很簡單啦。你說的附近是半徑幾英哩呢？人類還不知道鈾原爆的有限範圍多大喔。」

上校說完，呼了一口菸。

「當然了，要我們拿槍把日本人趕到其他地方去很簡單，大概也不會引起大混亂吧。不過你認為廣島市有多少人？拆彈作業期間，要把那麼多人關在什麼地方呢？」

「三十五萬人。」

「原來如此。你真優秀呀。」

上校瞄了一眼文件進行確認，上頭寫著他要的數字。

「既然如此，你也明白我們面臨什麼樣的狀況吧。最要緊的是，解除各地日本軍武裝的工作還沒完成。小男孩如果在這狀況下引爆，燒起來的可不只是廣島喔。」

這位上校似乎是這次拆除任務的負責人。專精於逃避責任的男人，都會爬到負責人的地位——軍人社會似乎也有同樣的情形呢，泰德心想。

「不難懂吧？你們會確實地拆除原子彈。會保住軍事機密，也會守護日本國民的安全。麥克阿瑟元帥會振興這個國家，讓它扛起自由主義陣營的一角，防範蘇聯的威脅。你們會拿到勳章，和家人過著幸福快樂的生活。可喜可賀，可喜可賀，就這樣囉。」

事情就這麼說完了。

泰德以曼哈頓計畫科學家的身分，被任命為未爆原子彈善後者時，他腦中首先浮現的是「我做錯了什麼？」這樣的想法。

不管怎麼看，這都不是光榮的工作。完美執行任務，史書上也不會記載自己的名字。他只是要幫投下未爆原子彈的祖國，多少挽回一些名譽。

泰德獲選的理由，實際上也沒幾個。

他有能夠拆除炸彈的手腳。

有原子物理學相關姿勢。

參加曼哈頓計畫，頭腦裡裝著最高機密：「小男孩」的內部構造。

而且，他也不是歐本海默或約翰．馮紐曼那種惡魔級的天才。如果有什麼萬一的話，還有其他人命可以填補。

自己剛好成為這樣的人選。

理由沒什麼了不起的。

小男孩投在廣島而非柏林，也不是基於什麼了不起的理由。只不過是研發進度和德國投降時機的問題。

合眾國研發的原子彈有兩種。

在長崎將七萬人燒成灰燼的「胖子」叫內爆式（implosion）原子彈。

它的機制是利用炸藥以輻射對稱的方式壓縮鈽，誘發連鎖反應。結構極為複雜，必須同時引爆三十二份炸藥，誤差維持在奈米秒內，因此研發人員也沒有把握它會成功，於是事前證實了它的有效性。那就是人類在新墨西哥沙漠首次進行的核爆「三位一體實驗」。

然而，廣島的槍式原子彈並沒有進行那樣的試爆，直接上陣。

這麼做的原因有兩個。

第一，它使用的核燃料很稀少。天然鈾的百分之九十九點三由「不可燃」的鈾238構成，自然狀態下不會爆炸。為了生產「可燃」的鈾235，他們建造了好幾座外觀簡直會被誤認為工廠的實驗設施，花了一整年才生產出一發原子彈所需的量。沒有試射的空間。

第二，炸彈的結構無比單純。完全不需用上長崎型原子彈運用的複雜級數，只要讓槍管內的兩顆鈾彈相撞擊可。研發人員判斷：幾乎可以確定它一定會成功，不需要實驗。

然而，技術人員從經驗中得知：舉出兩個理由時，其中一個是為了隱蔽另一個而準備的。

「不需實驗」只不過是為了正當化「難以確保鈾」的現實，才搬出的辯解之詞。從牽制蘇聯的觀點來說，合眾國也不能突顯核燃料不足的問題。

最後的結果，就是穿刺這圓頂、陷入沉默的小男孩。

「你們搞了什麼啊。」

親自下令投下原子彈的杜魯門總統，據說在聽聞結果後大叫。

「早知道就不要投下不穩定的鈾型原子彈了。連鎖反應引發的核爆終究只是紙上談兵。你們想要名譽，於是在這最終局面引進這紙上談兵的理論，不僅傷害合眾國的威信，還導致重建世界秩序的工作產生重大風險啊。」

在投下原子彈的數個月前，杜魯門才得知這種兵器的存在。前任總統羅斯福猝死，他才因而知情。在自己不知道的地方研發出來的原子彈，成為終戰的關鍵棋，這件事令他頗為不滿。

泰德坐到臨時搭出的鷹架上，和小男孩再會。

上次見面是一個月前。黑亮外殼的模樣，和當初送到中繼點天寧島時沒兩樣。

負責最終打包的，也是泰德的小組。任用科學家來處理打雜業務，也是因為保守機密必須做到滴水不漏。不過，當時的泰德反而認為那是一種榮譽。

因為他們到最後一刻，都還能親手處理合眾國的科技結晶。

結果事情如今演變成這樣。

它只是還沒爆炸，沒有誰能保證它安全。

內部狀態不明。搞不好用手指輕輕點一下，起始劑就會發動，自己和整個廣島市都會被炸飛。

他從架在圓頂屋頂的鷹架上探出身子，將幾部蓋格計數器對準原子彈。

先不動原子彈，確認狀態再說。

那就是他們第一天的任務。然而，不動手的話也只能確認外殼有無破損、檢測輻射。

他來回揮動通了店的玻璃管，並計算它碰到伽馬射線時發出的「啵」有幾聲。

啵。

啵啵。

啵。

「核分裂並沒有發生。」

泰德對腳邊大喊。

「這樣啊，是好消息嗎？還是壞消息？」

「就只是觀測結果。哪怕只發生連鎖反應一點點，裡頭的鈾應該都會釋放出大量輻射。」

「資料上說，輻射只要用一張紙就能遮住呀。」

「那是指阿爾法射線，現在測的是伽馬射線。」

「原來如此，真是讓我的知識大為增長啊。」

他腳邊的吉米說，聲音聽起來似乎很睏。

「那麼，你知道鈾彈的位置嗎？」

泰德搖搖頭。銅製的圓頂很礙事，他難以沿著槍式外殼移動蓋格計數器。就算從下方搭梯子測量，狀況也會很相似吧。

「不叫起重機將它抽離圓頂，就抓不到詳細位置。」
「我想在拔出砲彈前掌握未爆的原因啊。搞不好一動它就爆炸了。」
「不抽出去就掌握不了原因。」
「真是的。就叫它廣島難題好了。」
吉米悠哉地笑著，而泰德在這期間用衣袖擦了擦額頭。他出身賓夕凡尼亞州，八月廣島的悶熱對他來說是全然陌生的體驗。他幾乎產生了錯覺：會不會是原子彈洩漏出的輻射在烘烤自己？
圓頂真礙事。
他在心中吶喊。
周圍並沒有類似的建築構造，日本的建築物幾乎都是木造屋。就機率而言，原子彈掉在這種地方是極度偶然。
不過，這是極度不幸，還是極度幸運呢？
銅製且中空的圓頂，對於五噸重的原子彈而言就跟軟墊沒兩樣。它應該緩和了不少墜落的衝擊。
當初如果是直接命中鋪裝過的道路，那衝擊也許會引爆炸彈。
那麼一來，就「不會有任何問題」了——這是借吉米的說法。

也可能沒爆炸，外殼破損，露出鈾彈。

如果是那樣，日本人應該會在美軍登陸前回收那炸彈，導致美國國家機密外洩。

最糟的情況是被日軍挪用，這完全有可能。

槍式原子彈的構造就是那麼簡單。

小男孩剔除了上述種種命運的分支，命中銅製圓頂，然後持續沉默著。

彷彿是自己選中這地方似的。

將目光往下移，便能看到產業獎勵館的內部。

三樓展示室當中貼了好幾張全彩海報。

上頭畫的日本軍士兵用刺刀畫破了星條旗與聯合旗。

儘管泰德不懂日文，他們的憎惡還是傳達了過來，而且是到了喋喋不休的程度。

原本在市內到處都是、戰意昂揚的海報，在占領軍登陸前幾乎都被撕掉了，但原子彈投下那天起，產業獎勵館便禁止人員出入，因此它和急速轉變成「戰後」的市內相反，保留了戰爭期的日本。

小男孩原本的目標，應該就是這個「戰爭期的日本」吧。

而不是剛剛在路上撞見的，生活碎片般的日本人們。

區區兩週前，這個小炸彈還是終結戰爭的救世主。

如今，它成了可能動搖戰後秩序的忌諱之子。

改變的事情只有一件。

戰爭結束了。

就這麼一件。

儘管如此，他們當初賭上性命也要殺害的廣島市民，還是突然變成了賭上性命也得守護的對象。

身為合眾國的科學家，卻因為日本政府的幾句話不得不改採完全相反的立場，這帶給泰德無法抹滅的不快。像在烘烤他的夏季太陽，又進一步增幅了那不快。

小男孩。

你為何不吭聲呢？

一九二八年一〇月　賓夕凡尼亞州

原子物理學家泰德．寇克出生於美國東岸極為平凡的白人中產階級家庭，小時候是極為平凡的少年。

在那個時代，每間學校都會有仰慕林白、想要成為飛行員的少年。泰德也是這樣的小朋友。他在車庫裡改造搬運車、做出駕駛艙，然後坐在裡頭幻想自己橫越大西洋，望向幻想中的巴黎燈火。

他將來想要加入陸軍航空隊，搭乘戰鬥機守護祖國。

少年的小小頭蓋骨底下和合眾國其他小孩一樣，藏著那樣的夢想。

原子物理學家這種職業，還不存在於地球上。當時才剛發現原子核這種極小的存在。就連物理學者也還沒料到，人類控制它、將它作為兵器實用化的那一天已近在咫尺。

飛行員必備的條件有清晳的頭腦、冷靜的判斷力、優秀的視力與聽力，還有體力。

泰德成績優秀，但體力明顯不足。

放學後，他開始在河邊跑步、有樣學樣地鍛鍊肌力。

這樣的少年，被和他同年的比爾盯上了。對方和泰德就讀同一所學校，體格大他一圈。

「你想變強吧？我來教你拳擊。」

比爾這麼說，把泰德叫到沒有人煙的原野上，然後和好幾個人包圍他，不讓他逃跑。

這叫右鉤拳。

這是直拳。

對方一面說明一面朝泰德的肚子揮拳，以免留下傷痕。泰德忍不住吐了一口口水，比爾便用泰德的衣服擦掉手上沾到的口水。

這是在指導你——對方每出一次拳就會重複一次。

看人不爽的話閉嘴開扁就行了，他卻總是會準備正當的理由。他似乎能夠藉此卸下良心的束縛，灌注所有的力氣到拳頭上。

泰德閉上眼睛，試圖阻斷世界上發生的任何事情所帶給他的感覺。

比爾用手指撐開他的眼皮，然後說。

「看清楚了，要趁對方不注意時下手。」

當時比爾露出的噁心笑容，至今仍烙印在泰德腦海中。

比爾的右耳垂歪歪的，像是壓爛了。

那是被父親用農具毆打的痕跡。

原因是他在期末考作弊。

發現他作弊並向老師報告的人，正是泰德。

比爾的「指導」持續幾天後，家人果然還是發現異狀了。

泰德本人死不肯說明，不過妹妹向母親報告，母親向父親報告，父親於是到學校露臉了。他透過老師找比爾聊聊。兩人似乎講了幾句悄悄話，不過泰德幾乎不記得內容了。最後父親抓起泰德和比爾的手腕……

「來，這樣就算和好啦。」

他說完，讓他們兩個人握手。

泰德完全搞不懂「這樣」是怎樣。他只不過是正當地提出同學作弊的報告，然後不當地遭到毆打。不過父親的腕力比泰德還要大。

比爾露出「真沒辦法呀」的表情，不服氣地瞄向父親和老師。

有機可乘。

他此時沒在看泰德的方向。

泰德使勁全力咬了一口被父親握住的比爾的手腕。

纖維和沙子的觸感在嘴裡擴散開來。

大渾蛋！

比爾的喊叫，聽起來像是從遠方某處傳來的。

他用力閉上眼睛，阻斷全神的感覺，將全副精神集中到下顎。

光，硬生生地被壓進了他的雙眼之中。

有什麼東西進到他眼瞼內。

比爾粗大的手指碰觸到泰德的眼球。泰德卻還是不斷咬著他。牙齒和手腕的縫隙間，傳出野獸般的咆哮。

當天晚上，泰德裹著被子，聽到背後傳來父親的腳步聲。

「為什麼要那樣做？」

泰德什麼也沒回答。比爾手腕的觸感仍殘留在他嘴裡。

「聽好了，泰德。指正朋友作弊，的確是正確的行為。」

床鋪發出「嘎吱」一聲，凹了下去。似乎是父親坐下了。

「不過，你能做出正確的行動，是因為你在得天獨厚的環境下長大。你要體諒他呀。那個比爾要是在父親更像樣的家庭中長大，應該也會變成比較正經的孩子啊。那孩子，只是運氣差。」

父親明明就在旁邊說話，聲音聽起來卻像從遠處傳來的。他感覺眼睛很燙，彷彿被插了一塊餘燼。

泰德在內心深處靜靜地想：「這位父親的看法是錯誤的。」

下個月，泰德在學校接受視力檢查，得知自己的飛行員之夢已經被終結了。

一九四五年八月，廣島

所謂炸彈，是由炸藥和點火的雷管構成的。

就算是原子彈，基本上也沒有不同。

只不過呢，作為原子彈雷管的起始劑不會放出火花，而是會放出中子。鈾吸收了被釋放出的一顆中子後，核分裂便會發生，放出能量和數顆中子。那些中子又會被別的鈾吸收。如此一來，中子指數性增加，引發連鎖性的核分裂，釋放巨大的能量。

這就是核爆。

然而，中子的吸收率極低，因此在小塊鈾中產生的中子會穿透到外部去。於是，最少要用上一百磅鈾才能引發爆炸所需的連鎖反應。

這一百磅就是所謂的臨界質量。

小男孩是極為直率地運用這項性質的炸彈。製造者將鈾分割成各五十磅的兩塊，填裝到十英呎長的槍身兩端。投彈過程中使兩者接觸，鈾就會聚合成一百磅，達到臨界質量。

然而，達到臨界質量的鈾光是存在在那裡，也不會爆炸。中子雖然會像老鼠那樣增殖，但如果沒有第一顆中子，什麼事也不會發生。扛起這任務的，就是起始劑。讓釙和鈹接觸，便會產生第一顆中子。

於是，製造者會先把釙貼在其中一顆五十磅的鈾彈上，把鈹貼到另一顆上。這麼一來，兩者的接觸就會產生第一顆中子，鈾接著會使它連鎖增殖、爆炸。

和惡魔般的破壞力呈現對比，原子彈的機制簡單到令人傻眼。

讓五十磅的團塊相撞，一座城市就會消失。以上。

至少根據它的設計，事情應該會如此進展。

「提出一些可能原因吧。」

上校出聲，所有人一片沉默。

軍艦內會議室的辦公桌上，擺著圓頂上插著小男孩的黑白照片。那是剛剛記者拍攝的，才剛沖洗出來。

「就我所見，槍身完好，因此我想得到的狀況有三種。」

開口的人是吉米。

「首先，是槍身內的鈾沒動。原子彈和普通的炸彈不同，搭載了奇怪的雷達，好讓它在空中爆炸。有可能是它沒啟動。

「接著，是鈾塊接觸了，但起始劑沒接觸。釙的阿爾法射線穿透力低，因此要是位置偏了，或中間夾著垃圾，就不會引爆了。

「最後，是鈾沒有達到臨界質量。也就是設計本身出錯了。一百磅徹頭徹尾只是理論值，並沒有做實驗證實過呀。」

吉米不知何時已讀熟資料，原子物理學明明不是他的專業領域，他竟然也做了妥善的說明。那番話的內容也很正確。我果然打從心底討厭這男人，泰德心想。

「但那是馮紐曼博士計算出來的呀。」

「我不太信任『計算』這種玩意兒啊。因為你不能在炸彈爆炸後說，計算的結果明明是這樣。」

「嗯。那面對那些狀況，分別有什麼對策呢？」

「如果是鈾彈沒動，處理方法就跟一般炸彈一樣。鈾要靠『炸藥』啟動，只要處理掉引信，讓炸藥不會爆炸就行了。嗯，這是我的專業領域。

「起始劑出問題是最糟糕的情形呢。挪走鈾的途中不小心讓釙和鈹接觸的話，廣島就會在那瞬間『轟隆』。」

「這樣啊。那，最後一個情形就是最理想狀況嗎。鈾質量不足的話，不管做什麼都不會爆炸，直接帶回來就好。」

「我也是那樣想的，但是……其實呢，這位泰德．寇克老師對此事似乎有意見。請說。」

吉米說完，刻意地鞠了個躬，繞到泰德後方。泰德推了一下眼鏡。「呃，中子輻射的吸收率會依據速度產生變化。呃，所以呢，核分裂釋放的高速中子吸收率很低，要引起連鎖反應會需要分量充足的鈾。那就是一百磅。不過……」

上校呀、軍人們的視線都集中在泰德身上，彷彿盯著獵物。

「要是進水的話，呃……它會因而減速，變成熱中子。這麼一來，吸收率會大為上升，即使鈾不到臨界質量，還是有可能爆炸。」

「意思是？」

「呃，水……」

「你是指下雨啊！」

上校的喊叫聲蓋過泰德。

「那趕緊進行作業才是上策呢。根據沖繩觀測部隊的報告，有颱風正在逼近。盡可能迅速地進行拆除吧！」

後來稱為「枕崎颱風」的昭和二十年十六號颱風，正在接近。

一九四四年一二月，洛斯阿拉莫斯國家實驗室

如何濃縮鈾？如何使其正確地跑爆炸？

在新墨西哥州乾燥的風中度過的那段時間，他滿腦子都只想著那些事。那些事會為祖國帶來勝利，讓他們驅逐法西斯份子，使自由與民主主義君臨人世。

那就是自然的旨意。泰德是那樣想的。

回想起來，那是他人生中最幸福的日子。正義接連獲得實現，自己也構成了天意的一部分。

「我們又贏了呢。」

泰德一面收回撲克牌一面說。娛樂室的暖氣故障，涼意慢性地蔓延開來，不過小組成員還是披著大衣，熱中於橋牌。

「只是運氣好啦。」坐在他右側的喬瑟夫低聲叨念：「玩這麼多次的話，大家的實力都會變得勢均力敵，最後只是在比運氣啊。」

「每個玩輸的人都這樣說。」

泰德嗤之以鼻。

濃縮鈾的技術已經確立，之後只需要了解何時能夠掌握足夠的產量。來到這階段後，實驗室內的氣氛也勢必會和緩下來，休息室內擺出的撲克牌也變多了。泰德快手洗牌，結果……

「唉唷。」

牌從手中滑落，其中幾張撒到了地上。

「小心點，那副牌很貴喔。」

「為什麼要買Tally-Ho？你是想變魔術嗎？」

那副牌是喬瑟夫的，美國遊戲牌公司Tally-Ho的產品。表面非常滑，因此是魔術師愛用的商品，但他不知為何喜歡拿這副牌打橋牌。

「很滑，所以會混合得很徹底。這很重要。」

喬瑟夫撿起掉在地上的紅心7，一邊喃喃自語。他是波蘭移民，英語帶有一點東歐腔。

「混合得不徹底的話，牌局就不會變成純粹的機率現象。洗牌量會產生影響。」

「你那麼喜歡啊？喜歡純粹的機率現象？」

「我認為呀，要是學了量子理論，就該接受那種現象，不論你喜不喜歡。」

「那理論的解釋是錯誤的。」

唉唷？其他三人的目光投向了泰德。泰德邊發牌，邊說下去。

「我的想法是這樣子的。神不會擲骰子，不會那樣胡來。神每一次都會做出選擇，讓薛丁格的貓活下來或死去。」

「難道你……」

喬瑟夫一面確認自己被發到的牌一面說。

「你是要說，每一個微觀量子現象都代表神的意志嗎？」

「神是一種譬喻。你要是不滿意的話，也可以替換成天理。」

泰德板著臉說話，因此喬瑟夫和其他兩個人都露出錯愕的表情。他接著說：「我從學習牛頓力學的時候開始，就一直感到不順眼了。像這樣一五一十全都計算得出來，不就沒有神介入的餘地了嗎？因此得知量子論時，我非常開心呢。」

「你是認真的嗎？」

喬瑟夫幾乎要失笑了。

「認真的。現下納粹的核能研發幾乎沒有進展，不是嗎？」

「你是說，神進行了調整，讓納粹的鈾冒不出中子？」

「是啊，那就是自然之道啊。」

「你是認真的嗎？」

喬瑟夫又說了一次。這次他沒笑。

當時一般認為德國的戰敗已成定局，投降只是時間早晚問題。他們研發兵器的相關機密，也已不成機密。

德國的核彈研發，已經不會存在於世上了。

在終戰前完成乃不具現實性的目標，因此他們在很早的階段就放棄了。

這是來自歐洲戰線的報告。

曼哈頓計畫由數千名參加者構成，他們當然擁有各色各樣的價值觀。

有人單純因為「接獲命令」就默默執行職務，也有人只是基於技術方面的好奇心便迎向原子彈。

推動泰德的，則是純粹的愛國心。如果世界上有可能存在這種程度的破壞力，那麼擁有它的人非得是我們才行，我們是自由與民主主義的旗手。

在這龐雜的集團中，有群人散發出格外強烈的存在感，那就是躲過納粹統治、橫渡大西洋而來的猶太人科學家。愛用Tally-Ho的喬瑟夫．羅特布拉特也是其中一員。

將他們逼向原子彈的力量，是憤怒和恐怖，而這些情感的對象是意圖滅絕他們的納粹。

假如希特勒掌握原子彈。

那個男人一定會毫不猶豫地使用吧。

流亡的猶太人們如此理解，那簡直是種皮膚感覺。

阻止這件事的唯一方法，就是自己率先研發出原子彈。

因此，納粹的原子彈不存在，就代表他們的目的達成了。

然而，科學家們獲知這事實之後，喬瑟夫的臉色陰沉極了。

「政客們似乎頗早就知情了呢。他們知道納粹的原子彈並不存在。」

他說完，出了一張牌到場上。

「似乎是呢。」

「也就是說，我們畏懼著根本不存在的原子彈，被迫打造抗衡手段。」

「我們不做的話，蘇聯就會做吧。這是必要的。」

喬瑟夫盯著泰德不放。

「人類，真的該擁有這種程度的破壞力嗎？」

「如果沒必要擁有，神會在某個階段阻止我們。我是如此相信的。」

泰德打出手上的牌。那副牌還是一樣滑。

「好啊，又是我們贏呢。」

「只是運氣好罷了。」

一九四五年九月，廣島

原子彈是人類無法駕馭的力量。

曼哈頓計畫的科學家之中，也有人抱持那樣的念頭。雖說是要用在敵國有色人種身上，但還是有許多聲音反對軍方將一般市民連同整座都市一同燒成灰燼。

可是，如果可以靠它避免沒落行動，也就是日本人所謂的「本土決戰」……日美雙方加起來的獲救性命，會多達原子彈死傷者的數十倍吧。

那就是科學家們的心靈寄託。為了當一個有血有肉的人類，泰德需要假想的本土決戰，所帶來的假想的屍體之山。

接下來，爆炸沒炸成，戰爭結束了。

上空烏雲密布。

據說，颱風即將登陸九州。

產業獎勵館的內側，小男孩的腳下，架著十分複雜的鷹架，彷彿是從球根生出來的根。他們已沒有多餘的時間可以動用重機械，於是採取這個即席的處置，力求拆解炸彈時不動到外殼。

儘管天色令人不安，圓頂占地外圍卻聚集了看熱鬧的人。

聽說那不只是普通的未爆彈。

不知不覺間，流言在廣島市民之間傳開了。

考慮到投下的時期，那肯定跟掉在長崎的一樣是新型炸彈。

連這樣的聲音都出來了。

占領軍就算拿槍趕跑他們，他們還是遠遠地圍成一圈，看著圓頂。

為什麼要聚集過來？

泰德在心中吶喊。

去別的地方，閃遠一點。

我們原本確實有殺死你們的打算。

想拿你們當祭品，好拯救更多性命。

不過，那狀況已經結束了。

現在你們喪命的話，我們真的會成為無可辯駁的殺戮者。

「那，我要打開它囉。」

吉米的聲音從頭上傳來。

他已經將插在圓頂上的外殼結合部分移除完畢。魁梧的吉米和十英呎的小男孩並排在一起時，身材也會顯得相當嬌小。

「嗯，麻煩了。」

「我順便問一下，打開瞬間就『轟』一聲的可能性是？」

「……不太可能。」

泰德話音未落，吉米就掀開了外殼的蓋子。

黑色的濃縮鈾團塊，在細長的外殼下方依偎者彼此，宛如雙胞胎。

它們已成為一百磅的團塊，已到達本來應該會爆炸的臨界質量。

「火藥的部分正常運作中。」

吉米的嗓音帶有一絲顫抖。會議上舉出的三種可能性，已排除其中一種了。

「這麼一來，就是起始劑出了問題，因此連鎖反應沒有展開，或者鈾型原子彈的原理有誤。是這兩種可能的其中一種。」

「原理出錯的話，是哪裡錯、如何錯？」

「這個嘛……」

泰德盯著頭上的吉米。

「你可別笑喔。」

「是靠可笑的原理在運作的嗎？這玩意兒。」

吉米指著鈾彈說。

泰德吸氣，吐氣，又吸氣。接著擠出那句話。

「恐怕是因為，爆炸是不被希望的結果。」

「不被誰希望？」

「神……不對，是自然之道。」

沒錯。

那打從一開始，就是沒必要存在的炸彈。沉默持續了一會兒。

「我不會笑的喔。」

頭上傳來吉米的嗓音。

「不過我不喜歡那個說法呢，學者大人。」

「聽好了。做這份工作最重要的，是相信炸彈。希望或不希望，不是問題所在。條件湊齊會爆炸，沒湊齊不會爆炸——這就是炸彈。」

吉米說完，單手放在彈殼內的其中一塊鈾彈上。

鈾彈重五十磅。

若具備吉米的肌力，要獨自挪動這重量也不成問題。

「這是什麼？」

泰德聽到他說。

「夾著一張紙。」

「紙？」

「是啊，撲克牌大小的……不，撲克牌，這就是撲克牌呀」

起始劑放射出的阿爾法射線，穿透力極低。在空氣中只要數英吋的距離，用金屬的話只需要鍍金程度的厚度就能遮蔽。

也就是說，光是用紙製封條封住，就足以防止引爆了。

負責小男孩最終打包的，是泰德的小組。

意思是，有誰在那時候刻意動了手腳，讓炸彈無法引爆？

是誰？

「喂，這可好笑囉。」

泰德思緒奔騰的過程中，聽到了吉米的笑聲。

「這是魔術。是魔術師搞的花招呀。」

在泰德頭上的吉米的手，鬆開一張撲克牌尺寸的一小片玩意兒，它飄下了。泰德將掉在地上的牌撿起來。

是他在寒冷的娛樂室內，和同小組的喬瑟夫等人開懷地打橋牌時用的，Tally-Ho撲克牌。

參考文獻

《增補　原子彈是這樣研發出來的》山崎正勝・日野川靜枝　編著（增補　原爆はこうして開発された／青木書店）

《軍事科技的物理學〈核子兵器〉》多田將　著（ミリタリーテクノロジーの物理学〈核兵器〉／East新書Q）

《馮紐曼的哲學　偽裝成人類的惡魔》高橋昌一郎　著（フォン・ノイマンの哲学　人間のフリをした悪魔／講談社現代新書）

代後記
為了克服新洋蔥的缺席

作為一個小說家在網路上走跳，我經常會收到和寫作有關的提問。

「登場人物的名字是怎麼決定的呢？」

「我讀了你的新作。標題是不是參考了○○？」

「寫一篇短篇小說要幾天？」

就是這一類問題。我不知道是讀者對這些事感興趣才問我，還是立志成為作家的人想要有個參考，總之我就是會收到很多提問。與讀者交流是確保死忠書迷的重要環節，因此能回答的問題我都會回答。

「結局之後，那個主角後來怎樣了呢？」

這是無法回答的問題。紙張外的他們有他們的人生，但我認為，那已經是作者無法干涉的事情了。因此我回答：「請詢問本人。」

「沒有人找你談動畫化嗎？」

這問題答不得。就算真的有人找我談，在官方發表前先說出來會演變成大問題。如果回答「沒有」，無論是真是假都很空虛。

「我對主角的〇〇想法銘感五內，請問那是老師自己的想法嗎？」

這問題很微妙。要是一時疏忽答「是」，那麼主角設定為連續殺人魔的情況就會令我大為困擾。然而，要徹底扮演和自己價值觀、思考模式都天差地遠的人，還要扮出真實感，是非常困難的，我不得不讓角色和自己產生某種程度的相似性。

比方說，本書〈我討厭洋蔥〉的討厭洋蔥論，大致上是奠基於我自己的經驗和價值觀。我是以全面閃避「洋蔥」這個概念的方式過活的。如果可以的話，我也希望和洋蔥和解，但直到現在都還沒有這種機會降臨在我身上。

閃避是閃避到什麼樣的程度呢？我在今年（二〇二二年）之前都不知道有「新洋蔥」這種蔬菜的存在。我把這件事寫在網路上，於是來了這麼一個問題。

「也就是說，老師至今的小說所描寫的世界裡，新洋蔥並不存在囉？」

非常哲學性的問題。可以統整成這樣吧：「作者不知道的事物，是否存在於他的作品世界中？」

不過呢，「新洋蔥的缺席」蘊含著一丁點理論上的矛盾。我調查之後發現，新洋蔥指的似乎是比一般洋蔥更早出貨的小號洋蔥。也就是說，普通洋蔥在成長過程的某個階段都曾是「新洋蔥」。這麼一來，洋蔥存在的世界必然會有新洋蔥存在。只是我剛好不知道它的名字。

架構科幻的世界觀，正是在架構這「作者不知曉的新洋蔥」。作者將具備關聯性的架空概念送入作品世界內，於是，連作者也不知道名字的衍生概念連鎖性地生成，無法被收納進一個作家腦內的廣大宇宙也逐漸被建構出來了。在這世界裡能潛得多深，是依作者的力量而定，不過作者的知識範圍絕非世界的範圍，即時展開的思想實驗結果會使世界逐步擴大。

這不只是作者的職責。讀者閱讀小說的過程中，世界也會逐漸寬廣起來。就算我不知道新洋蔥的存在好了，你要是聽過新洋蔥，那個世界就一定會生成出新洋蔥烹煮的料理，不會錯的。它會發生在作者架設的鏡頭之外。

還請各位務必協助我，和我一起讓宇宙膨脹吧。

二〇二二年五月　寫於病毒和元宇宙氣息覆蓋的喧鬧黑暗中　柞刈湯葉

收錄作品解說

■**首先把牛做成球。**（首度發表於：大森望擔任責編的《NOVA 2019春季號》河出文庫）

我小學時看的奧林匹克數學問題集，有這麼一題：「計算太郎淋了多少雨水吧。」題目設定了降雨量、移動距離、步行速度等條件，但最後寫著：「不過呢，我們假定太郎是下圖這樣的長方體。」還畫了一個無機箱型，這令我大受衝擊。之後有好一陣子，我的腦袋都無法擺脫「長方體太郎」的形象。

因此，我在大學得知「物理學家喜歡過度單純化，比方說他們會把牛假定成球體」這個笑話時，也毫無窒礙地接受了它。我已經免疫了。「啊，你們是說長方體太郎吧。」

■姓田中的犯罪者特別多（首度發表於：Web投稿，二〇一九年）

書寫以歧視為主題的虛構作品時，著眼於人種、性別之類的實際歧視狀況就會容易產生說教感，可是呢，寫架空的疾病或屬性遭受歧視的話，讀者也會很難真切地視之為自身問題。於是，我在此採取「對實際存在的屬性進行虛構的歧視」的方針，試著戳弄了一下草叢，結果跑出來的，我認為是沒什麼人看過的蛇。

■吞食數字（首度發表於：Web投稿，二〇二〇年）

我想做唯有小說才做得到的表現，於是寫了這篇。「虛數不存在，但實數也不存在不是嗎？」這是我高中時代就抱持的疑問，不過「說到無聊話題，數學、別人做的夢都很有代表性」並非我的想法。數學、別人做的夢，我都很喜歡。

■她想變成石油球（首度發表於：Web投稿，二〇一六年）

《What if?》這本書是前NASA員工認真回答小朋友問題的問答集，當中有個問題是：

「一莫耳（mole）的鼴鼠（mole）出現在宇宙中會發生什麼事？」對方回答：「會變成一團石油。」我想像出一顆石油球飄浮在宇宙中的畫面，想著想著就寫出了這個故事。

■東京都交通安全責任課（首度發表於：Web投稿，二〇一五年）

本書收錄作品當中最久遠的一篇，是我出道前為了投稿文學獎而寫的。在那個圍棋ＡＩ擊敗人類頂尖棋手、大家對ＡＩ的期待（以及恐怖）一口氣高漲起來的時期，我從以下這個看法發想出故事：「ＡＩ進步起來之後，人類的工作就只剩負責了吧。」後來發展成長篇作品，改名為《未來求職中心》，由雙葉社出版。

■創造天地以及責任（首度發表於：Web投稿，二〇二〇年）

前一篇作品假設「人類的工作只剩承擔責任」，不過首先，人類承擔責任的能力是從哪裡出現的呢？那種能力和ＡＩ般的智能不一樣嗎？這種疑問一直留存在我心中。這時，我讀了小坂井敏晶的《責任這種虛構》，靈機一動寫出這個短篇。

■回到家時，妻子一定會假裝自己是人類（首度發表於：Web投稿，二〇一八年）

家庭、夫婦可說是安心的象徵，而我想試著描寫真面目不明的東西混進去時的恐怖。是基於這種極為原始的衝動寫成的故事。

■我討厭洋蔥（首度發表於：Web投稿，二〇一七年）

有次搭郵輪旅行，自助早餐的味噌湯加了我討厭的洋蔥，我於是到部落格上發洩不滿，結果寫著寫著途中變成了一個宇宙冒險科幻故事。我想應該是船搖晃的感覺害的。三小時寫完。

■Lunatic on the Hill（首度發表於：大森望擔任責邊的《NOVA 2021夏季號》河出文庫）

靈感來自披頭四〈Fool on the Hill〉的短篇故事，開頭場面直接把該曲歌詞中的風景寫了出來。保羅和約翰都沒說自己坐的山丘位於地球上。

■大正電子女學生～洋派・機械娘～（首度發表於：Web投稿，二〇一八年）

聽說女高中生投入某種小眾興趣的故事很流行，我想說「自己也來迎合潮流吧」，但我不太了解現今女高中生，於是設定為大正時代的故事。漫畫《窈窕淑女》的作者大和和紀也說過類似的創作流程，可說是具有實績的手法。

■令和二年的箱男（為本書創作的新篇）

安部公房《箱男》的文庫本解說寫到這麼一句話：「現代是攝影機社會。」那是一九八二年的文章，我看了之後心想：「不，還早吧！」於是用自己的方式寫了令和版箱男。為了寫作時參考，我用Blender和Unity做了3D模型。都好不容易做了，就用它Vtuber出道吧，我心想，但到目前為止都還沒去做。你打開這本書的時候，它也許已經在YouTube上了。

■**改曆**（首度發表於：《中國・科幻・革命》，二〇二〇年，河出書房新社）

漢娜・鄂蘭說：「革命（Revolution）這個字來自天文學。」讀到她這句話後，我就一直無法抹去「革命是天體現象」的印象。因此，《中國・科幻・革命》這本合輯向我邀稿時，我立刻下定決心：「就只能寫授時曆的故事了。」剛好在寫這篇時，新冠肺炎開始大流行，我還記得市立圖書館停止開放，因此我費了好一番工夫才弄到參考資料。

■**沉默的小男孩**（為本書創作的新篇）

前面刊載的〈改曆〉是「拉普拉斯惡魔」式的故事，這麼一來，也得把「加入量子論觀點的二十世紀以後的世界觀」放進故事裡才行。我這麼想，於是為本書新寫了這篇。話說，我讀了高橋昌一郎的《馮紐曼的哲學　偽裝成人類的惡魔》作為參考資料，發現它比大多數小說還像小說。

■彩蛋曲染色體（首度發表於：《WIRED 日本版》Vol. 32，二〇一九年）

《WIRED》邀我「寫篇關於幸福安康的故事」，我於是完成了這部作品。收錄在本頁之後。那麼，就請大家開開心心地讀到最後吧。

彩蛋曲染色體

帶給人類幸福是我的工作。

雖然沒頭沒腦地拋出一句像是神明才會說的話，但我只是普通的人類，一介科學家。當然了，你要是認為科學已逐漸到達神之領域的話，我的確算是神，不過我想盡可能排除「神之領域」這種不明確的事物，再繼續把話說下去。科學之神最討厭的就是曖昧的定義，祂同時也是個孩子氣的神，會毫不留情地無視祂討厭的東西。總之，我要談談我的工作。

說明「科學家工作內容」的繪本中，科學家大多在實驗時內搖晃試管，因此我的雙親、親戚、朋友也都以為我在試驗室內搖晃試管，但他們搞錯了。或者說那種想法太老舊了。玻璃試管這種玩意兒，我只在課本裡看過。

進入二十一世紀的前夕，生科掛的人不是用玻璃實驗器材，而是一次性的塑膠管。玻璃碰到大部分化學物質都不會融化，很方便，但話說回來，融得掉容器的物質會把細胞也融掉，因此進行生物學實驗時不太會追求容器的耐用度。可以免洗隨手扔掉才是更要緊的。大多數的產業中，最貴的都是人事費。

有個詞彙叫in vitro，意思是「試管內」，是作為細胞內＝in vivo的對應詞使用。這是拉丁語，意思是「玻璃中」，不過現在的實驗器材已經都是用塑膠製的了，拉丁語是不是也應該更換成對應的呢？拉丁語的塑膠是什麼呢？寫出《自然史》的普林尼，當年使用什麼樣的塑膠呢？歷史是我不太熟悉的領域。

在實驗場域內，除了「試管內」、「細胞內」之外，還有一個詞是「電腦內」，叫in silico。Vitro至今仍是vitro，因此要是哪天電腦不再使用矽，大概也還是會一直叫in silico吧。玻璃不也是矽構成的嗎？這種事想不得啊。

總而言之，我的工作是在實驗室內搖晃塑膠。不，不對耶。

搖晃是實驗室桌上那台震盪器的工作，就算關掉房間裡的燈，他也會繼續搖一整晚，真是可愛的傢伙。

那我的工作到底是什麼呢？回到一開始說的，是帶給人類幸福。

更妥善一點的說法，是為了帶給人類幸福而設計染色體以前的人這麼說。虎父無犬子，種匏瓜不會生絲瓜，青蛙的小孩還是青蛙，等等的。農耕社會以前，人類就知道小孩會像爸媽了，我自己也是從小就知道這點。

它的具體形式是「基因」，而基因這個概念是在十九世紀後半發現的，解明它的物質性實態為DNA是在二十世紀前半，掌握其解讀方式是在二十世紀後半，懂得自由改寫它則是在二十一世紀前半。速度有點慢，難以稱之為日新月異。說年新世紀異又太難聽了。

在這前進的過程中，研究者大概被納稅人問了幾萬次之多吧：「那到底有什麼用？」當然了，「大腸癌的五年生存率提升了X％」之類的資料要多少有多少，但他們想要的不是那個。他們想要的是阿姆斯壯船長踏上月球之類的事件，任何人一看就會明白意義的事件。

「對人類而言是一大步。」

這樣子。當然是一大步，看也知道。人類踏上了新的階段（月球表面）。

相較之下，我們的工作實在太樸素了。關在實驗室內，不斷搖晃塑膠容器。而且搖的人不是我，是震盪器。不過呢，各位啊，這樣的過程也有類似的功能啊，也扛起了令人類前進的新階段職責啊——因為工作的關係，我不得不頻繁地說明這件事。「帶給人類幸福」這種說法實在很不明確，感覺會被科學之神討厭，不過「幸福」這個概念其實沒那麼不清楚。

嗯，定義「何謂幸福」不在科學家能力範圍內，不過如果是論「該怎麼做才能幸福」的話，事情就會變得簡單一些。定義「何謂良好的政治」很困難，不過邱吉爾談到「該怎麼做才能讓政治變好」時，給出了一個暫定的結論：「民主主義是目前最像話的制度。」

面對幸福，我們也能採取類似的說法。身體健康、經濟寬裕、與社會的連結、自我決定權、對他者寬容——大致而言，讓這類項目的品質提升，我們就能朝「成為更好的存在」邁進吧。為了辦到這件事，科技該做些什麼呢？答案也有個大概的方向了。

「人類是什麼」才是困難的問題。它相當棘手。

如今，個人的人格似乎已能在電腦上以非常高的準確度再現，因此呢，就算要把全人類都化為網路上的資料也是辦得到的。將幸福度定義為那批資料的函數，然後讓程式永遠跑下去，將數字維持在最大值吧，這就是人類的幸福——如果有人這樣說的話，他在電影裡就會是該打倒的壞蛋。

「那才不叫人類！」

電影的主角會這麼大喊，然後非得代表觀眾破壞巨大的主電腦才行。邪惡科學家不知為何好像都不會備份資料，只要破壞主電腦就能迎來電影的圓滿結局。

要自稱「人類」，你得有相應的物質性、結構性條件。就像沒有咖啡機的房間不叫研究室，沒有蛋白質肉體的存在不能稱為人類。我想在這方面，有理性的人大都會同意才是。

所以說呢，我們要徹底在有機生命體的範圍內對基因東動一點、西動一點手腳，好將幸福帶給人類。要怎麼做才能辦到呢？

打個比方吧，假如專家學召開國際會議，做出決定：「ＤＮＡ變更１％以上就不叫人類。」那麼，我們就得在那１％的範圍內尋找「能將幸福度最大化的基因」之類的東西。只要（在經過許可的情況下）結合個人服務和基因情報資料庫，理當就能搞定吧。

乍看很合理，但這跟二十一世紀人類的價值觀不合。也就是說，去動這個演算法的話，搞不好會產生這種情形：「現下幸福度最高的人類是白人男性，因此把所有人類都基改成白人男性吧。」

在此缺乏的是認同的連續性。少數民族家庭要是有小孩出生，爸媽一方面會希望孩子繼承自身民族的身分認同，但也會希望他不受多數派歧視、幸福地長大吧。

如果對爸媽說：「被歧視很不幸，所以我把他的血統變成不會被歧視的民族了。」

他們會很困擾。孩子被做成數位檔案的話，他們又會更困擾。

●

我在二〇二八年出生，因此年紀更大的人經常叫我「新人類」。我們這個世代發生的現象，他們全都用「新人類」這個詞來解釋。講到我們都煩了。

成績比往年還好。因為他們是新人類。

流感在小孩子之間爆發流行了喔。因為他們是新人類。

發生了殘暴的少年犯罪。因為他們是新人類。

和年輕人無法溝通。因為他們是新人類。

煩死了。

這一切都根基於誤解。二〇二八年，編輯人類胚胎基因獲得認可，範圍僅限治療重大遺傳疾病，不過根據統計，那一年誕生的數千萬個小孩當中，只有數千人的基因受到編輯。一萬人中只有一個人。雖然這些案例集中在先進國家，但別說一班幾個了，一所學校還不見得有一個。不可能對整個世代產生影響。

大多數基因遭到編輯的小孩，原本都有造成遺傳疾病的基因，這些原因基因被修改成正常狀態後，他們才誕生到世上。他們的存在，反而是跟「異質的新人類」這種看法正好相反。這種稱呼之所以流行，是因為大人如果不貼個標籤，就無法承受年輕人的價值觀變化。這不是我們的問題，是上個世代的問題。

當然了，我上一個世代的態度並沒有特別惡劣。人類要是全都變成數位檔案的話，就連我也會認為他們是別種生物，會想稱呼他們是「新人類」吧。

我查了一下，發現「新人類」這個詞彙曾經指的是一九六〇年左右出生的人。這一代人發生了什麼事呢？電玩遊戲《太空侵略者》大為流行，開始施行共通一次試驗[1]。笑死人了。他們認為這些事物就能讓「人類」變新。

總而言之，我們是新人類，因此我們對人類幸福的想法也採用新人類式的基準。看民調也會發現，的確是越年輕的人越會對人類基因編輯採取正面看法。基因受到我們編輯的世代，看法又會更正面吧。

大概也有人會擔心吧：要是那樣做，將來人類難道不會無止盡地脫離「人類」這個

1　共通一次試驗：類似台灣的大學聯考。

框架嗎？人類最終也許會變成水豚那樣毛茸茸的生物，一整天都泡在溫泉裡。

是這樣嗎？我們稍微試著進行一個思想實驗吧。

假設有個ＩＱ一百五十的優秀生物學家對人類基因組展開綿密的研究，最後發現了「提升智能的基因」。他對該基因添增變異，催生出和以往人類天差地遠的超人類。超人類的平均ＩＱ是兩百。超人類當中又有優秀的生物學家誕生，然後催生出智能更為優異的「超．新人類」。無限反覆這過程的話，最後就會有ＩＱ無限高的生命體出現。這是發生在人類身上的奇異點，因此我稱之為「人異點」。

取這胡鬧的名字，是因為這整個概念實際上很胡鬧。

首先，太耗時了。優秀的生物學家要有優秀的發現，大約需要二三十年的培育過。那麼悠哉的奇異點只不過是「科學的進步」。

接著，光靠基因排列就讓智能無限提升，終究是難以設想的狀況。進化那麼萬能的話，野生的獵豹早就跑得比音速還快了。現實中獵豹的奔跑速度停留在時速一百二十公里，而人類就算脫離人類的範疇，也會在任意某一點上收斂，然後重新被稱為「人類」吧。

所以呢，既然作為重大疾病治療手段的胚胎基因編輯已經確立，接下來就可以考慮如何用這技術帶給人類幸福了，而且是不思考不行。在能夠與世人形成合意的範圍內，一點一點推進。

加加林去了宇宙，因此阿姆斯壯不得不上月球。我們並不是到得了任何地方，但能走多遠就走多遠吧。就是這麼一回事。

一般性的問題是，編輯基因和自主決定權水火不容。

人類大約有數十兆的細胞。在不同時代有不同說法，一下子說六十兆，一下子說三十七兆，不過人類和線蟲不同，會有個體差異，因此以「數十兆」這個用詞蒙混過去是最正確的。數字精細度並無法保證正確度。

還有，這些細胞全都是由一個受精卵分裂出來的，因此每一個細胞（一部分彆扭的免疫細胞除外）都擁有同一組ＤＮＡ。並不是腦有腦的ＤＮＡ、心臟有心臟的ＤＮＡ。就是說，後天改寫基因，就跟跑到世界各地的書架去幫聖經貼訂正貼紙一樣困難。連聖誕老人也辦不到。因此呢，如果想加料必須一開始就動手腳。

即使能取得父母同意，你還是只能放棄取得本人同意。雖然好像也會覺得：小孩原本就無法選擇爸媽，因此「無法選擇基因」這種程度的事，忍一下就好吧。不過父母的基因，責任不在父母，可是父母的行為，父母就得負責了。

大概不會有任何小孩希望自己生下來就有重大遺傳疾病，因此現代也會接受編輯基因以治療重大疾病。不過呢，若希望更大範圍的編輯，就會有個門檻了，那就是自我決定權的問題。

細胞數有個體差，同樣地幸福也有個體差。也就是說，如果一早起來，寢室內有個機器人從胸口不斷吐出印有當天行程的感熱紙，然後對你說：

「從臨床觀點來看，這就是讓你本日幸福量達到最大值的行程，你必須根據它採取行動，要是不照做就會被幸福警察逮捕。嗡——喀噠喀噠——」

這樣是不好的情況。

「自己的事情自己做決定的權利」，這點八成也包含在我們所認為的幸福當中。

「人有權感到自己彷彿做了決定」，要像這樣換句話說也可以，科學家對這種事不太在意。

這個問題，有個挺正經的回答。

專家經常將人類基因組解釋為人類的設計圖，但這樣說會產生幾點錯誤。設計圖上的東西全部都得做出來才行，不過基因上記載的情報，比較像是製造圖集，讓你能夠因應客人訂單製作出各種零件。沒有訂單的話，不做出來也沒差，只要有訂單，就得一做再做，不論次數。運用轉錄因子、甲基化、乙醯化之類的功能，進行細微的調整。

於是呢，我們預先塞一本「隱藏菜單」到身體裡，上頭記載的都是「按普通方式活著就決不會接到訂單」的製造圖。有需要的話，基於醫師診斷施加外部刺激，就能執行隱藏菜單上的製造圖。基因編輯和自我決定權因而並存了。

能做的事情有很多。荷爾蒙治療、抑制癌症、抑制過剩的免疫反應等等。

需要外部刺激，因此終究得投藥，但我們可以運用基因表達網路組織出小規模的理論迴路或程式，因此可以只令目標組織產生表現，副作用的風險性比以往小很多。

與其說是增強了人類，說增強了醫療可能還比較對。

因此呢，「人類原本有四十六條染色體，那就預塞第四十七條作為隱藏菜單」成為大家最認真商討的方案。

研究者圈內稱之為彩蛋染色體。還沒有正式名稱。

稱為彩蛋的意思似乎是「為小孩子預先藏好的禮物」。

內含數百個基因。數量很多，但塞得很緊，因此比Y染色體還小。細胞核窄小，是不會妨礙到前輩們的拘謹的尺寸。

排列也經過綿密的計算，不會在細胞內擅自交叉。當然了，機率並非是零，不過天然的突變致死率還比這高多了。被汽車輾過時，沒有人會擔心金屬過敏的問題。

●

追求人類幸福之際，會面臨兩個前提。個人有自我決定權，還有聽音樂就該以專輯為單位。

前者意即，科學家、政治家或人工智慧就算推導出結論，說「這就是人類的幸福」，也不能強逼一個又一個的個人去奉行。我們將第四十七條染色體封存起來、不讓它自動執行，是因為這樣的緣故。

後者則是我工作上的規則。

「專輯這種概念，只不過是以CD為單位販售音樂的舊時代遺物。現在聽音樂就該把喜歡的歌放進播放清單聽啊。」

我的男性同事這麼說。那傢伙每天都對喇叭說「播放符合我今天心情的歌」，與他個人服務選項連動的串流網站就會挑歌放給他聽。那傢伙人不差，但在聽音樂方面，我們永遠無法心意相通。那種傢伙將來一定會成為機械的奴隸，一輩子都只能在地下室推動連接著齒輪的棍子，卻還是會從這種人生中嘗到喜悅。

既然那是音樂人深思熟慮後為聽眾指定的聆聽順序，我們就應該以那為基準才是。我同事的意見是：「那是家父長主義，自己愛怎麼聽都行啦。」然而，不聽從沒血沒淚的串流網站演算法、遵循音樂人的意圖，才是比較有人性的做法吧。

好的，每次聊起這個話題，我的心跳速率都會上升過頭，接到警告。真不好意思。當然了，沒有人能保證音樂人是基於某種意圖才排定曲序，也有可能只是根據製作順序排列。對我而言重要的是，總之音樂就是該照決定好的順序向我流瀉過來。

曲子結束的瞬間，做好接受下一首歌的準備，而前奏也照我所想地播放出來。那種前定和諧對於毫無滯礙的工作而言是必要的，「我當天的心情」這種不安定的東西要是壞了我的節奏，就做不了工作啦。

雖然說那預先決定的順序未必需要是專輯曲序，但要是有人問我「誰有權決定我聆聽的曲序」，那當然就是音樂人吧。也有人持「我自己有權利」的看法，不過為了決定曲序，我得聽好幾遍才行。為了自己決定曲序而聽專輯數遍之後，專輯曲序就會成為對我而言最恰當的曲序，這時候就不會想再打散順序重新排播放清單了。

我對人類基因的看法也是這樣。

就算人類的基因不是神或者某種智性存在搭配出來的，只是偶然的進化結果好了，我們的祖先們還是靠它闖出一片天，我們自己也是以那樣的形式誕生到世界上的，那就該尊重它吧。就是這麼一回事。

當然了，也有一派認為人類的基因只不過是隨機進化的產物，不是神聖之物，因此可以依照人類理性或電腦運算來自由客製化。就像我同事那樣。啊，我是指像他的音樂品味那樣。

那，第四十七條染色體，要如何看待呢？

母帶重新處理版專輯問世時，放到最後的彩蛋曲。

我決定這樣看待，我會把它想成這種東西。

「就算沒有它，專輯也是完成品。」

這件事很重要。如果不是那樣，我們就成為了不完美的人類。我們設計的第四十七條染色體就算完美運作，還是會有新的問題產生。那就是：並不是所有人都能把它放進體內。

假設彩蛋真的對人類的幸福有所貢獻，使用者和不使用者之間還是會產生不公平的情形。

也許它總有一天會被視為保險醫療，像疫苗那樣在全人類之間普及，但在那之前有必要緩和人們感受到的不公平。

「彩蛋」是研究者圈的綽號，還不是正式名稱。這染色體的名字恐怕有萬分的重要性。要讓它普及的話，首先最關鍵的，就是命名。

它不能成為絕對必要的事物，也不能顯得像多餘的東西。最好不要讓人聯想到特定國家、民族或宗教。要是這樣的名字才行。

彩蛋曲染色體。

沒這附錄也沒差，有的話會有點開心。如何呢？

●

就像這樣，我每天都在思考要如何帶給人類幸福，滿腦子都是這檔事。

吃內插[2]鮮奶油的甜甜圈，喝苦澀的咖啡。按照專輯曲序聽音樂，一面搖晃塑膠管。不過負責搖的不是我，是震盪器就是了。大多晚歸，早起。

別人問我，不會累嗎？當然很累。

2　內插：實際上是數學用語，指透過已知的、離散的數據點，在範圍內推求新數據點的過程或方法。

累的時候，我經常想到沒出生的姊姊。

我說的沒出生不是指流產。不是生物學而言的沒出生，而是理論性的沒出生。

她變成了我。

只差一個鹽基，因此稱她「姊姊」有點奇怪，不過同卵雙胞胎的姊妹都算不同人，因此差一個鹽基的話差異又更大了吧。這麼一來，「基因被編輯前的我」還不如「沒出生的姊姊」這個說法恰當。

讀書很痛苦、工作很痛苦的時候，我都會想到沒出生的姊姊。我畢竟是「一所學校不見得會有一個」級的罕見角色，朋友根本料想不到我會有這種空想。大概連爸媽都沒發現。

沒出生的姊姊，有病。

沒出生的姊姊和我不一樣，不會以專輯為單位聽音樂。因為她總是在生病，人生幾乎都在病房床上度過，不會追求音樂作為背景音樂的能力。她一定比我還認真看待音樂。

沒出生的姊姊不喝咖啡。因為她和我不一樣，不會工作到三更半夜。也許會喝溫牛奶。

沒出生的姊姊，應該活不到三十歲吧。

有段時間，我會把她設想成「我自己有可能成為的模樣」，但不知不覺間，我開始自然而然地把她視為「沒出生的姊姊」。我難以把不喝咖啡也不以專輯為單位聆聽音樂的她，稱之為「我」。

就像我不會把數位檔案稱為人類那樣。

此外，在我的空想中，姊姊會一直想著沒出生的妹妹。也就是我。

在她的想像中，我八成很健康，眉清目秀，成績優良，肯定從事著了不起的工作，是著實會為人類帶來幸福的那種。

哎呀——真是傷腦筋呀。對我的期待高成那樣，我也只能再拚一下了。像這樣，為了回應沒有出生的姊姊的期待，出生到世上的我努力奮鬥著。

在更疲累的日子，我會想思考更困難的事。

帶給人類幸福這種行為，是在消除某個不幸的人類、促使另一個幸福的人類出現嗎？多麼過分啊。如果一個人的自我認同也包含他的疾病和痛苦，當我為人類帶來幸福時，是不是就等於消除了一個本來可能存在的人？

到這種程度就算危險訊號了，我會乖乖請假，在床上躺個兩三天，這樣便會乾淨俐落地振作起來。

然後又開始想彩蛋曲的事。不過，應該稱之為彩蛋吧？都行啦。應該遲早會在國際會議上定案，現在就先讓我稱之為彩蛋曲吧。

擁有彩蛋曲的他們，能比人稱「新人類」的我們變得更幸福一些吧。他們自己能夠做出一點選擇。可以變成沒出生的姊姊，也可以變成出生的妹妹。有所選擇肯定是幸福的事。

是說，彩蛋曲當中，只有一個基因不需要外部觸發就會產生作用。那個基因會在減數分裂產生酵素，分解掉自己。

彩蛋曲不會進入到生殖細胞中，不會遺傳給子孫。我們對人類的幸福犯下再致命的過錯，都會在生殖階段受到重置。

邪惡科學家不會備份資料。我們妥善地做好準備工作，讓主角破壞掉主電腦便能迎來圓滿結局。

畢竟，我的工作是帶給人類幸福啊。

國家圖書館出版品預行編目資料

首先把牛做成球。／杵刈湯葉著；黃鴻硯譯. -- 初版. -- 臺北市：麥田出版：英屬蓋曼群島商家庭傳媒股份有限公司城邦分公司發行, 2024.1

面； 公分

譯自：まず牛を球とします。

ISBN 978-626-310-568-3（平裝）

861.57 112017182

Original Japanese title: MAZU USHI WO KYU TO SHIMASU
Copyright © 2022 Yuba Isukari
All rights reserved.
Original Japanese edition published by KAWADE SHOBO SHINSHA Ltd. Publishers
Traditional Chinese translation rights arranged with KAWADE SHOBO SHINSHA Ltd. Publishers through The English Agency (Japan) Ltd. and AMANN CO., LTD.

城邦讀書花園
www.cite.com.tw

版權所有・翻印必究

ISBN 978-626-310-568-3
電子書ISBN 978-626-310-566-9（EPUB）
Printed in Taiwan.

本書若有缺頁、破損、裝訂錯誤，請寄回更換。

日本暢銷小說 104

首先把牛做成球。

作者｜杵刈湯葉
譯者｜黃鴻硯
封面設計｜Bianco
責任編輯｜丁 寧

國際版權｜吳玲緯 楊 靜
行銷｜闕志勳 吳宇軒 余一霞
業務｜李再星 陳美燕 李振東
總編輯｜巫維珍
編輯總監｜劉麗真
總經理｜陳逸瑛
發行人｜凃玉雲
出版｜麥田出版
10483台北市民生東路二段141號5樓
電話：(02) 2500-7696
傳真：(02) 2500-1967
部落格：http://ryefield.pixnet.net
發行｜英屬蓋曼群島商家庭傳媒股份有限公司城邦分公司
地址：10483台北市民生東路二段141號11樓
網址：http://www.cite.com.tw
客服專線：(02) 2500-7718｜2500-7719
24小時傳真專線：(02) 2500-1990｜2500-1991
服務時間：週一至週五09:30-12:00｜13:30-17:00
劃撥帳號：19863813 戶名：書虫股份有限公司
讀者服務信箱：service@readingclub.com.tw
香港發行所｜城邦（香港）出版集團有限公司
地址：香港九龍九龍城土瓜灣道86號順聯工業大廈6樓A室
電話：+852-2508-6231
傳真：+852-2578-9337
E-mail：hkcite@biznetvigator.com
馬新發行所｜城邦（馬新）出版集團
【Cite (M) Sdn. Bhd. (458372U)】
地址：41-3, Jalan Radin Anum, Bandar Baru Sri Petaling, 57000 Kuala Lumpur, Malaysia.
電話：(603) 90563833
傳真：(603) 90576622
電郵：services@cite.com.my

印刷｜前進彩藝有限公司
初版｜2024年1月
定價｜380元